회상

회상

로제 마르탱 뒤 가르

정지영 옮김

미행

일러두기

· 이 책은 로제 마르탱 뒤 가르가 1955년 갈리마르 출판사에서 자신의 전집을 출간하면서 추가한 회고록을 『티보가 사람들』 부록의 개념으로 옮긴 것이다.
· '편지와 일기 1940-1950'은 뒤 가르의 편지, 앙드레 지드의 편지, 뒤 가르의 일기가 한데 묶여서 시간순으로 편집되었다.
· 주는 작가의 주에 '원주'를 표시했고, 나머지는 모두 옮긴이의 주이다.

차례

회상

"'비슷한 척하는 것'은 자신에 관해 말하는 데에 있어 유일한 도피책이다."

—로제 마르탱 뒤 가르, 1947년 9월, 『일기』

테르트르의 서재에서, 1932.

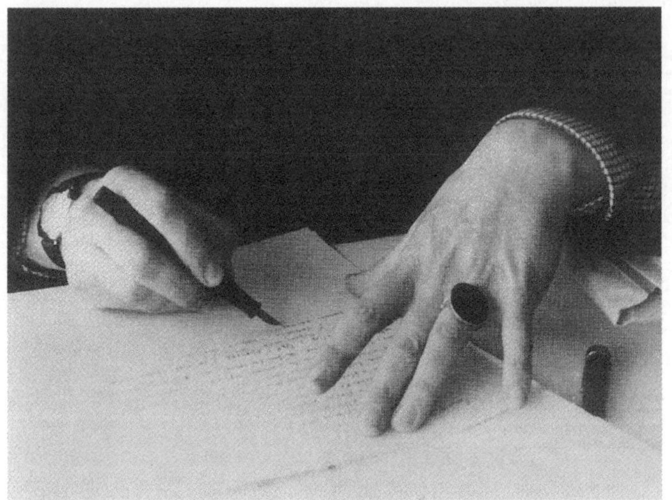

편지를 쓰고 있는 뒤 가르의 손.

가족

나의 부모는 파리 2구, 생탄 거리 69번지에서 살았다. 아버지인 폴 마르탱 뒤 가르Paul Martin du Gard는 할아버지가 그러했듯이 센 지방 1심 법원의 소송대리인이었다. 내 어머니는 본명은 마들렌 위미Madeleine Wimy이며, 파리 증권 거래소 증권 중개인의 딸이었다. 내 외할아버지는 1874년에 세상을 떠났다. 내 친가는 부르보네 지방 출신이었고, 외가는 보베 지방 출신이었다. 양가 모두 가계家系를 두고 보았을 때 법관이 절대다수를 차지하고 있었다. 사법관, 변호사, 공증인, 금융가도 있었다. 이 밖에 몇몇 지주도 눈에 띄었으나, 상인이나 군인, 또는 예술가는 찾아볼 수 없었다.

마르탱 뒤 가르의 뒤du*는 귀족적인 성격과는 아무런 관련이 없다. 이것의 유래는 우연한 것이며, 아주 간단하다. 18세기, 부르보네 지방에 아르퓌유(알리에) 태생의 **마르탱**이라는 농부가 있었는데 마르탱은 장터에서 흔히 들을 수 있는 이름이었다. 그는 마예트드몽타뉴 지방에서 여러 곳의 토지를 개간했으며, 그의 유언에 따라 아들들이 재산을 나누어 가졌다. 아들들은

* 귀족의 성 앞에 붙이는 소사(小辭).

서로의 영지를 구별하기 위해 공통의 성姓에다 물려받은 영지의 이름을 붙이곤 했다. 그의 아들들 중 하나인 피에르 마르탱이 유언에 따라 **가르**의 농지 소유주가 되었으며, 18세기 중엽부터 그는 **마르탱 뒤 가르**라고 불리게 되었다. (유사한 이유로 수세기에 걸쳐 최근에 이르기까지 토지의 소교구 명부에서 마르탱 데 부데, 마르탱 드 라 가르데트, 마르탱 뒤 피블 등과 같은 혈통을 가진 여러 가족의 이름을 찾아볼 수 있다.)

자질資質

한 아이가 사물에 눈을 뜨기 시작할 때, 아라비아 동화에 나오는 마법사처럼 학교 동급생이나 상급생이 계시적인 말을 해줌으로써 그 아이 앞날의 운명을 결정지어 주는 경우가 흔히 있다. 나에게도 아홉 살인가 열 살 되던 해에 가까운 시골의 한 어린 소년이 이런 마법사의 역할을 해주었다.

우리는 그해 봄을 보내기 위해 파리 근교로 온 터였다.

소년의 이름은 장Jean이었다. 그는 나보다 두 살 위였다. 한 주일 내내 그는 파리의 어느 중학교에서 수업을 받았다. 그래서 목요일과 일요일에만 그를 볼 수 있었다. 그는 나에게 모든 면에서 감탄의 대상이었다. 나이라든가 중학생이라는 것 말고도 나보다 더 자유로운 생활을 한다는 점에서도 그는 나보다 우위를 차지하고 있었다. 나보다 더 나이 많은 친구가 없기도 했지만, 내가 그에게 내비치는 존경 때문에(이 점을 그 역시 눈치채고 있었다.) 나를 절친한 친구로 여겼는지 모른다.

그렇게 해서 그는 나에게 자신의 문학적 자질을 알려주었다.

그런데 놀랍게도 중학교 1년생인 그 소년은 운문으로 된 비극을 쓰고 있었던 것이다! 그것도 교과서에서처럼 여러 막으로 이루어진, 진정한 의미의 비극이었다. 그리고 쉬는 날에는 자신이 쓴 것을 보라색 잉크로 두툼한 노트에다 아주 정성스레 옮겨 적곤 했는데, 붉은 단면에 회색 천으로 장정된 그 노트가 어찌나 내 마음을 끌었던지 60여 년이 훨씬 지난 지금에 와서도 잊히지 않는다. 그는 자신이 가장 자랑스럽게 여기는 몇 구절을 나에게 들려주곤 했다. 이를테면 오이디푸스, 아가멤논, 플라미니우스가 장엄한 이야기를 주고받으며 저주의 말로 겨루는 장면 같은 것이었다. 나는 입을 벌린 채 그의 입술에서 시선을 떼지 못하고 듣고만 있었다. 그처럼 아름다운 것을 들어본 적이 한 번도 없었기 때문이다.

우정 어린 정담을 주고받던 어느 날 저녁, 장이 나에게 그의 '전집'을 건네주었다. 나는 그것을 세일러복 안에 찔러 넣고 집으로 돌아왔다. 6월의 어느 날, 대낮의 일이었다. 나는 침대에 눕자마자 베개 밑에 넣어두었던 그의 노트를 꺼내어 읽기 시작했다. 두 눈이 눈물로 범벅이 되었다. 난생처음 시詩가 무엇인지를 발견하는 순간이었다…. 나는 아직도 첫 페이지의 시작 부분을 생생히 기억하고 있다.

사자使者

오, 왕이시여, 커다란 위험이 곧 닥칠 것입니다!

아가멤논

그자가 뭐라고 하던가요?

장의 노트를 그다음 주 목요일까지 갖고 있을 수 있었기 때문에 긴 단장斷章을 다시 베낄 여유가 있었다. 밤마다 잠들기 전에 몇 번이고 읽다 보니 얼마 안 가서 암기하기에 이르렀다.

예술에 눈을 뜨게 되는 원인을 따져보면, 거기에는 거의 언제나 본보기가 있게 마련이다. 나의 경우, 장처럼 비극을 쓰고 싶은 욕구에 사로잡혀 있었다. 장은 학교에서 배운 고전극에 대한 실력이 대단했다. 반면 나는 고작 몇 편의 우화를 알고 있는 것이 전부였다. 그렇지만 좌절하지는 않았다….

나도 확실히 펜을 다루는 일에는 얼마간의 소질이 있었다.(훗날 내 할머니의 서랍에서 찾아낸 어린 시절의 편지 뭉치가 보여주듯이 난 일곱 살 때부터 장문의 긴 편지를 끼적거리기를 무척 좋아했다.) 그러나 전 생애를 통해 나를 괴롭혀온 이 글쓰기에 대한 욕구는 어느 봄날 저녁, 내 친구 장의 극작품에 매혹되어 생긴 것이라고 나는 분명히 믿고 있다.

중등교육

나는 열한 살 때 비로소 공립 중학교 2년생으로 들어갔다. 담당 교구가 없는 신부들이 운영하는 가톨릭계 학교인 에콜 페늘롱École Fénelon에 반기숙생으로 있었다.(파리 제네랄푸아 거리) 거기에서 우리는 콩도르세Condorcet 고등학교 수업에 출석하면서 전全프랑스 교수단이 실시하는 수업을 받기도 했다.

나는 열등생이었다. 작문 과제와 역사를 제외하고는 모든 시험에서 하위권에 속했다. 그렇다고 구제불능의 열등생도 아니고, 버릇없는 중학생도 아니었다. 천만의 말씀이다. 오히려 나는 온순한 편이었다. 다만 게으르고 철저하게 부주의한 학생이었다. 그렇지만 선생님에게서는 비교적 후한 대접을 받았다. 그리고 친구들에게도 별로 나쁜 인상을 주지 않았던 것 같다. 대부분의 시간을 나는 부모의 눈을 피해 슬쩍해오거나 영악한 동급생이 얻어다준 싸구려 읽을거리, 소설, 잡지 따위를 몰래 읽으며 보냈다. 내가 좋아한 작가는 에밀 졸라, 옥타브 미르보, 장 로랭이었다.(로랭의 매우 조잡한 소설은 갖가지 치정 사건을 3면 기사로 전문적으로 다루는 외설 신문『레코 드 파리 L'Écho de Paris』에 정기적으로 게재되었다. 이 신문이 극단적인 보수주의 색채를 띤 거대 일간지가 되리라고는 당시 아무도 예측을 못 했던 것이다.) 나는 언제나 작은 각운 사전과 노트 한 권을 지니고 다녔는데, 그 노트에는 연애시뿐 아니라 극단적으로 '사실주의적' 경향을 띤 단편소설도 쓰곤 했다. 그런데 그것들은 상상을 초월한 악취미에 속하는 소설들이었다…. 다음을 읽고 평가해주기 바란다. 그 소설 중의 하나에는 '싱싱한 육체'라고 제목을 붙였던 것이 기억난다. "몹시 추운 어느 날 밤, 누더기 차림에다 수염이 텁수룩한 부랑자가 인기척 없는 거리를 배회하고 있었다. 대저택의 2층 창에 불이 환하게 켜지더니 김 서린 유리창 너머로 돌연 여인의 우아한 몸매가 나타났다가 사라지는 것이 아니겠는가. 남자는 그 자리에 우뚝 섰다. '싱싱한 육체'…. 그는 숨을 헐떡이며 그 육체가 다시 나타나기를 고대했다. 헛된 일이다. 불빛은 환하지만 아무도 보이지 않는 유리창을 뚫어지게 바라보던 그는 추위와 욕정으로 몸을 떨었다. 마침내 그는 참지 못하고 벽으로 기어 올라가 빗물받이 홈통을 따라 발코니에 이르렀다. 유리창 너머, 바로 2미터 앞에, 젊은 여인이 환한 불빛을 받으며 서 있었다. 거울 앞에 우뚝 서서 그녀는 매듭이 풀린 머리카락을 차분히 빗질하고 있었다…. '싱싱한 육체'…. 그녀는 알몸이었다…."

소설은 여기에서 생략 부호와 함께 끝났다…. 이런 깜짝 놀랄 만한 '인생의 한 단면'을 그린 작가는 다름 아닌 열서너 살밖에 안 된 소년이었다.(그런데 『아프리카의 비화Confidence africaine』*를 쓰기 위해서는 마흔 고개가 넘도록 기다려야만 했다….)

2학년 초 무렵의 일이다. 아버지는 내가 반에서 줄곧 하위권에 머물러 있는 것을 불안하게 여긴 나머지, 파시 지역에 살고 있는 한 친지의 집에 나를 하숙시키기로 결정했다. 친척의 이름은 루이 멜르리오이고, 고등사범학교 출신이었으며, 장송 드 사이Janson-de-Sailly 고등학교의 선생이었다. 멜르리오는 두 시간 동안 나를 심문한 뒤, 몇 달 정도면 나의 학력 부족을 만회할 수 있을 것이라며 자신감을 피력했다. 그는 과연 도박을 해본 것이었을까? 어쨌든 학년 말에 중간 정도의 성적으로 장송의 최고 학급에 들어갈 수 있게 해준 그가 고마울 따름이다.

멜르리오의 집에서 하숙생으로 지낸 반년은 여러 가지로 대단히 유익했다.

우선, 처음으로 부모 곁을 떠나 남의 집에서 일상생활을 경험해보았던 것이다. 한창 몸이 자라는 사춘기는 무엇이든 호기심을 갖고 관찰하는 시기인데, 그때의 이러한 경험이야말로 정말 간과할 수 없는 것이었다. 한 걸음 뒤로 물러서서 사물을 보며 이런저런 편견을 버리게 되자 돌연 나의 과거, 나의 가정, 더

* 1931년 발표한 소설로, 근친상간을 소재로 했다.

할 나위 없이 존엄하고 올바른 것으로 믿었고 당연한 것으로 여겼던 여러 가지 습관을 새로운 눈과 새롭게 피어난 의식을 가지고 바라보게 되었다. 이렇게 해서 내가 성장한 환경과는 아주 다른 세계, 즉 더 지적이고, 더 교양 있고, 더 '예술적'인 학문 세계의 존재를 발견하게 된 것이다. 그때까지 나는 나의 사회적 계층이 믿고 있는 진리와는 다른 진리, 다른 생활 방식, 다른 사고방식, 그리고 사물과 사람을 판단하는 데 다른 방식이 있다는 것—이것도 마찬가지로 정당하며, 정신적으로는 더 큰 만족감을 안겨준다는 것—을 미처 생각하지 못했었다. 다행히도 멜르리오 부부는 곧 나를 좋아하게 되었다. 그리고 보충수업을 받기 위해 돈을 내는 하숙생으로라기보다는 젊은 친구로 나를 대해주었다. 나의 존재를 조금도 부담스러워하지 않았다. 오히려 나의 정신과 취미를 세련되게 다듬어주는 것을 낙으로 삼았다. 부부간의 애정은 나무랄 데 없었다. 두 사람 모두 생각이 깊고 교양이 있었다. 부인 쪽이 더 피상적이었지만, 그녀는 활기 넘치고 충동적인 성격이어서 매일매일의 생활에 즐거운 기운을 불어넣어 주곤 했다. 부부는 대단한 연극 애호가이자 대단한 독서가였으며, 특히 대단한 소설 애호가이기도 했다. 두 사람은 관념적인 것보다는 살아 움직이는 것에 더 흥미를 느끼는 특이한 기질의 소유자였다. 다른 사람들의 성격을 자세히 살핀다거나 주변 사람들의 사소한 이야깃거리에 흥미를 갖는 등, 다시 말해 소설가의 관점에서 세상을 보고 사람들을 관찰하기를 좋아했던 것이다. 따라서 그들의 재치 넘치는 대화는 당시 한낱 소년에 지나지 않았던 나를 매료시키기에 충분했다.

그들의 집에 도착한 날부터 나는 부부의 서재를 마음대로 드나들 수 있었다. 그뿐 아니라 서재에서 아무런 제약 없이 책을 읽을 수 있었다. 대다수의 서적은 고전이었다. 그러나 근대 작품이 유독 눈에 많이 띄었다. 샤토브리앙부터 폴 부르제, 아나톨 프랑스에 이르기까지 19세기의 작가라는 작가는 모두 망라되어 있었던 것으로 기억된다. 발자크, 미슐레, 메리메, 생트뵈브, 르낭, 텐, 플로베르, 조르주 상드, 위고, 모파상, 로티, 도데, 공쿠르, 졸라, 그리고 위스망의 작품 모두가 내 손이 미치는 곳에 있었다! 바레스, 아벨 에르망, 앙리 보르도, 퇴리에, 쥘 발레스 그리고 폴 아담의 모든 작품은 말할 것도 없이! 또한 시인들, 보들레르부터 사맹까지. 그밖에 에레디아와 코페, 레니에와 쉴리 프뤼돔…. 읽고 싶은 책은 얼마든지 내 방으로 가져올 수 있었다. 얼마 지나지 않아 내 침대 머리맡 탁자에는 여러 종류의 책들이 쌓였다. 저녁에 침대에 누워 새벽 1시가 넘도록 책을 읽곤 했는데, 그렇다고 꾸중을 듣는 일은 없었다. 너무 늦은 시간까지 잠을 지체하는 것은 삼가라는 애정 어린 충고가 있었을 뿐이다. 멜르리오 부부는 나의 이러한 문학적 호기심을 대견스럽게 여기는 것 같았다. 그들은 나의 발견에 관심을 보이곤 했는데, 종종 식탁에서 내가 지금 읽고 있는 책에 관해 질문을 했다. 그럴 때면 우리 세 사람은 함께 이야기꽃을 피웠다. 그들은 작가와 그 작가의 가장 중요한 작품들, 그 작가에 관해 떠돌고 있는 일화 같은 것도 들려주었다. 내가 어떤 책을 선택해야 하는지 방향을 잡아주었고, 책의 제목도 일러주었다. 내가 열을 올리거나 철없는 비방을 하면, 결코 비웃는 일 없이 나로 하여금 심사숙고하게 하고 나의 소감을 명확히 밝히게 하면서 나의 판단을 바로잡아주었다. 나는 그들을 신뢰했으며, 그들도 나의 말을 진지하게 받아들이고 공감하며 경청해준다는 것을 느낄 수 있었다. 문학, 그것도 '소설적인' 문학으로 충만한 분위기 속에서 나는 행복감을 만끽할 수 있었으며, 나에게 그 분위기는 새롭고도 나를 심취시키는 그 무엇이 있었다. 솔직히 말해서 나에게 가장 적절한 분위기를 찾은 듯했다.

그해 반년 동안 얼마나 많은 책을 읽었는지 모른다! 그 전까지는 존재조차 까맣게 모르고 있던 소설가들, 파시에 하숙생으로 있는 동안 난독亂讀이기는 했지만 익히 알게 된 모든 작가의 목록을 대충 헤아려볼 때, 콩도르세의 열등생에게 어떤 기적이 일어났기에 몇 개월 만에 이런 '세속적인' 책을 탐닉하고, 또한 프랑스어, 라틴어, 그리스어의 문법, 통사, 문학을 처음부터 다시 시작하고, 게으름 때문에 잃었던 시간을 마침내 벌충하게 되었는지 나 자신도 의아스럽다…. 납득할 수 있는 해답은 단 하나, 즉 독서에 대한 이러한 갈망이 공부에 방해가 되기는커녕 오히려 유익했다고 하겠다. 왜냐하면 이런 욕구가 나의 집중력과 기억력을 지속적으로 단련시키고, 나로 하여금 꾸준하게 즐거운 두뇌 활동을 하게 했기 때문이다.

나는 멜르리오의 집에서 참으로 많은 공부를 했다. 그리고 열심히 했다. 즐거운 마음으로 공부에 임하기도 했지만, 본능적인 욕구도 한몫을 했다. 이런 욕구는 멜르리오가 일깨워준 것으로, 나에게는 하나의 새로운 경험이었다. 그는 섬세한 심리적 직관을 겸비한 훌륭한 스승이었다. 나는 삶에 있어 확실히 초보적이기는 했지만 그래도 정확하고 견고하게 뿌리를 내린 지식의 보따리를 한아름 안고 그의 손을 떠났다. 그의 은혜는 여기에서 그치지 않았다. 견디기 힘들었지만 유익한 노동의 체험을 나에게 가르쳐준 것도 바로 멜르리오였다. 무엇에 몰두하는 법, 해이해지려는 정신적인 갈등과 도피를 의지의 힘으로 극복하는 법을 가르친 것도 멜르리오였다. 그뿐 아니라 고독한 가운데 강력하고도 끈질긴 열의를 통해서만 얻을 수 있는 기적을 나에게 이해시키고 맛보게 한 것도 바로 멜르리오였다.

그것이 전부가 아니다. (작가 지망생에게는 무엇보다도 중요한 것인데) 나는 그에게 한 가지 귀중한 선물을 빚지고 있다. 훗날 나에게 지극히 귀중한 것이 된, 바로 **구성** 감각이다.

멜르리오는 처음으로 나에게 몇 개의 작문을 시켜 검토해보고는 내가 표현은 그런대로 정확하게 하고 있다는 것, 나의 생각을 세심하게 나타내기는 하지만 정리해서 논리적으로 연결시키는 것은 서툴다는 사실을 곧 확인했다. 그는 즉시 내 정신에 약간의 질서와 명석함을 주입시켜야겠다고 생각했다. 나에게 부족한 것은 아이디어가 아니고, 그것을 제시하는 방법이 서투르고 무질서하며, 영감이 떠오르는 대로 아무렇게나 표현하는 것이라는 사실에 주목한 것이다. 그는 다음과 같은 방법을 찾아냈다. 매주 나에게 내주던 작문을 과감하게 포기하고 대신 매일 새로운 주제를 제시하여 작문의 **계획**을 세우게 한 것이다. 그것은 간략한 계획서, 즉 15–20줄의 개요서로, 도식적인 형식에 따라 작성하고, 분명한 단락으로 구분해 번호를 매겨야만 했다. 이렇게 작성하면 길게 상술하는 것은 면제받곤 했다. 그는 이 작문의 초안을 아주 세심한 주의를 기울여 교정했다. 그 효과는 즉시 나타났다. 두 달 만에 내가 이런 훈련에 이력이 났던 것이다. 이제 이런 식의 훈련은 더 이상 나에게 필요하지 않았다. 그렇게 해서 나는 체계적으로 숙고하는 법, 어떤 주제일지라도 대략적으로 검토하는 법, 주제의 필수적인 윤곽을 끌어내는 법, 가장 중요한 것과 이차적인 것, 그리고 부수적인 것을 구별하는 법을 배웠다. 그 이후로 나는 펜 가는 대로 내맡기면서 무턱대고 돌진하고자 하는 유혹을 물리쳤다. 실은 그때껏 그런 유혹에 줄곧 굴복해왔던 것이다. 그리하여 일을 시작하기 전에 머릿속에 떠오르는 여러 가지 관점을 정리하고, 기승전결을 주의 깊게 선택한 다음, 문제를 계통적으로 나누고, 같은 성질로 보이는 모든 요소를 한 항목에 모아 혼돈이나 반복되는 말을 피하는 습관을 몸에 익혔다. 동시에 더 엄격하게 판단을 이끌어가면서 사상의 연결에 일관성을 부여하는 법을 배웠다.

이처럼 멜르리오는 **계획**에 대해 나름대로의 고정관념을 가지고 다음과 같은 개념을 나에게 가르쳤던 것이다. 곧 글로 쓰여진 것은 모두, 비록 그것이 중학생의 작문일지라도, 하나의 건축물처럼 개성과 특징을 지녀야 한다는 것. 다시 말해 글은 하나의 건물이나 조형물처럼 견고한 토대 위에 세워져야 하며, 규모에 있어서 조화를 이루고, 적절하게 구성되어야 한다는 것. 또한 작가의 작업은 특히 작품 전체를 구상하고 그 규모를 추정하는 예비 단계에서는 건축가나 설계사의 작업과 깊은 유사성이 있다는 것이다. 근본적인 진리임에 틀림없다. 그렇지만 열다섯 살이었던 나에게 그것은 하나의 발견이나 다름없었다. 그것의 중요성을 깨달은 것은 세월이 훨씬 지난 뒤의 일이며, 그 후에 나는 그것에서 이점을 얻어내기 위해 무척 애를 썼다. 실은 이런 '건축'에 대한 편집증 때문에 절친한 친구들에게 조롱을 받은 적도 한두 번이 아니었다.

톨스토이의 발견

페늘롱 학교의 교장이었던 에베르 신부(나는 이분에게 깊은 애정을 품고 있었으며, 학교를 떠난 뒤에도 정기적으로 찾아갔다.)가 『전쟁과 평화』를 나에게 권유한 것은 내가 열일곱 살쯤 되던 해였다. 그는 이렇게 말했다. "예술에서 절도와 힘의 조화가 어떤 것인지 자네도 알게 될 걸세…."

톨스토이를 발견한 것은 분명 내 젊은 시절의 가장 특기할 만한 사건 중 하나였다. 그리고 작가로서의 앞날에 가장 지속적인 영향을 준 사건임에 틀림없다. 소년 시절부터 나는 글 쓰는 일에 심혈을 기울였다. 그러나 무엇을 어떻게 써야 할지 뚜렷한 생각은 갖고 있지 않았다. 『전쟁과 평화』를 읽고 난 뒤로, 그것도 읽을 때마다 똑같은 열정과 놀라움과 황홀감을 갖고 여러 차례 되풀이해 읽고 난 뒤로는 내 마음은 결국 소설 쪽으로 방향을 결정했다. 더 정확히 말하면 등장인물이 많고, 다수의 에피소드로 이루어진, 많은 시간과 노력을 요하는 소설 쪽으로 마음을 굳힌 것이다.

소설 지망생이라면, 톨스토이야말로 스승 중의 스승이라고 나는 생각한다. 그의 영향을 받을 수도, 받지 않을 수도 있다. 그러나 일단 그의 영향을 받는 사람이 있다면, 그것은 분명 길조吉兆이다. 톨스토이와 함께라면 어떤 '수법'에도 감염될 위험이 전혀 없기 때문이다. 그가 사용하는 방법의 자연스러움, 더할 나위 없는 소박함은—나는 평범함이라는 말도 서슴지 않겠지만—모든 작가 지망생의 손이 미치는 곳에 있다. 그는 소위 말하는 독자적인 '기법'을 갖고 있지 않다. 그런데 사람들은 애써 그의 것으로 돌리고 싶어 한다. 그가 우리에게 제시하는 인물들은 결국 실질적인 삶이 제공하는 인물들과 유사하다. 그러나 그들 중 단역의 인물이라도, 외관 뒤에 숨어 있는 까닭에 이 작가가 아니었다면 우리가 알지도 못했을 내밀한 성격을 그는 찾아낼 줄 안다. 그의 통찰력은 우리를 어리둥절하게 만든다. 그의 통찰력에 비하면 우리의 시야는 얼마나 불충분하고 피상적이며 태만하고 인습적인가!

이런 것을 깨달았을 때에야 비로소 톨스토이의 둘도 없이 소중한 교훈이 시작된다. 그가 창조한 세계에서 그와 함께 살아가는 덕분에, 인간의 밑바닥을 **들여다보는** 그를 지켜보고 있는 덕분에, 각자의 비밀을 집요하게 추구하고 현시顯示적 징후(이것은 알아보기가 몹시 어렵지만, 일단 드러나기만 하면 돌연 눈앞을 환하게 밝혀준다.)를 끊임없이 탐구하는 그를 뒤따라가는 덕분에, 우리의 관찰 능력은 확대되고, 세련되어지며, 우리의 시각은 예민해지고, 타인의 비밀은 불가해한 것이 되지 않는다. 젊은 소설가에게 이보다 더 유익한 수련이 또 있겠는가? 톨스토이는 한 가지 방법에 따라 묘사하는 것을 가르치지는 않는다. 그러나 관찰하는 재능이 있는 제자에게라면 **깊이 보는 법**을 가르쳐줄 것이다.

국립 고문서 학교 École des Chartes

고등학교를 졸업할 때 두 번에 걸쳐 대학 입학 자격시험을 보았지만 문학 공부를 더 하고 싶은 욕구 때문에 나는 소르본의 문학사 예비 과정에 들어갔다.(거기에서 에밀 파게Émile

Faguet의 제자가 되었다. 그의 시선을 끌기 위해 각별히 정성 들여 쓴 몇 편의 논문 덕분에 그의 관심을 얻을 수 있었다. 일요일 아침마다 그는 몽주 거리 위쪽에 자리 잡은, 반은 지붕 밑 다락방 같고, 반은 집을 겸한 큰 마차 같은, 누추하지만 정취가 그윽한 집에서 나를 맞아주었다. 그는 나에게 작가가 되기를 권했다. 그러면서 '요령을 터득하기 위해' 비평집의 출판을 권하기도 했다….) 그해 7월, 나는 문학사 시험에 낙방했다. 1년 더 라틴어와 그리스어 작문에 매달려야 한다는 부담감에 맥이 풀려 있던 나는 뜻하지 않은 유혹에 굴복했다. 즉 아무에게도, 부모에게조차도 나의 계획을 알리지 않고 넉 달의 방학 기간 동안—나도 그 이유를 모르겠다—국립 고문서 학교 입학시험 준비에 몰두한 것이다.

예전에 나는 거울에 모습을 비쳐 보듯 고문서 학교의 한 젊은 생도의 초상화를 반은 장난기를 곁들여 어느 소설 속에 스케치한 적이 있다. "그는 마치 사람들이 소나기가 오는 동안 처마 밑으로 뛰어들듯 고문서 학교에 들어갔다. 기다리기 위해서."*

사실 그것은 나의 경우였다. 무엇을 기다리기 위해서? 어린 나이를 좀 벗어나서 징병 검사를 받는 나이를 기다리기 위해서. 무엇보다도 나의 아버지에게 이렇게 말할 수 있는 나이를 기다리기 위해서. "나는 무엇인가를 쓰고 싶어요. 그러니까… **소설**을 쓰고 싶어요."

그리하여 나는 시월에 입학시험에 응시했다. 그리고 운 좋게

* 『생성(Devenir)』에서.

합격했다.

이런 경솔한 결정으로 인해 나는 몇 년 동안 문학에서 멀어져 역사와 중세 건축에 몰두했는데, 요컨대 그 결과는 매우 유익한 것이었다.

우선, 과거 시대에 주의를 기울임으로써 역사 전반에 걸쳐 흥미를 느끼게 되었고, 현대의 여러 가지 사건에 대해 새로운 호기심을 갖는 계기를 마련하게 되었다. 실상 그때까지 나는 그런 문제에 별로 관심이 없었다.

(그 엄청난 '드레퓌스 사건'—훗날 나는 그 시대를 이해하기 위해 다른 어느 것보다도 이 사건에 중요성을 부여해야만 했지만—의 비극적인 귀추와 복잡다단한 전개를 아주 멀리서, 무관심한 것은 아니었지만, 어쨌든 열의 없이 관망했다. 그 이유를 굳이 설명하자면 드레퓌스 유형 당시 나는 열세 살에 불과했고, 그 뒤 몇 년은 시야가 학교생활에 국한되어 있는 중학생이었으며, 신문에서 접하는 격렬하고 모순된 기사 이외에는 다른 어떤 정보의 원천도 갖고 있지 않았다. 따라서 나에게 그 '사건'은 얽히고설킨 억측만 난무하면서 어른들도 일치점을 찾지 못하고 한없이 논의만을 거듭하는 불가해한 것이었다.)

고문서 학교에서 몸에 익힌 역사에 대한 관심 덕분에, 작품 속에서 정치적 사건에 장소를 부여하고 등장인물들을 그 증인으로 만드는 경우가 종종 있었다. 자신이 살고 있는 시대로부터, 자신이 처한 시대의 사회나 역사로부터 유리된 현대의 어떤 인물상을 생각한다는 것은 불가능한 일이었다.

그밖에—이것은 내가 학교에 빚지고 있는 것의 극히 일부에 지나지 않지만—학교에서 요구하는 어떤 종류의 작업 방식, 어떤 종류의 지적이고 도덕적인 훈련에는 순종하다시피 했는데, 그것이 결국 나의 제2의 성격이 되었다. 신뢰와 평가를 받을 만한 작품을 완성하기 위해서는, 편견이 없는 역사학자들이 그들의 연구에 적용하는 **엄격성**을 존중해야 할 뿐만 아니라, 필수적인 것으로 여겨야 한다는 것을 배웠다. 이들은 우선 엄밀한 문헌 고증의 뒷받침이 없다면 아무리 하찮은 단어일지라도 수용해서는 안 된다는 것이다. 나는 과학에 흥미를 느껴본 적도, 과학자에게 접근해본 적도 없었다. 고문서 학교에서 가까이 지낸 사람들은 나의 스승들이다. 양심적인 연구가들에게서 학문적인 양심이란 어떤 것이며, 직업적인 영광의 여러 가지 필수 조건이 무엇인지를 나에게 일깨워준 것은 바로 그분들이다. 내가 알고 있는 스승들 가운데에는 여러 해에 걸쳐 이룩한 연찬研鑽의 결과를 서슴지 않고 공공연하게 부정하는 사람들도 있었다. 그들은 진리를 탐구하는 데 있어서 길을 잘못 들었다는 것을 깨달았던 것이다. 이런 사람들과의 교제는 나에게 영원히 지워지지 않을 흔적을 남겨주었다. 즉흥적인 작업을 항상 경계하게 된 것도 그들의 본보기 덕분이다. 정확성에 대한 맹목적인 숭배의 도가 지나친 탓인지 모르겠지만—**안도감**을 바라는 이기적인 욕구 탓이라고 말할 수도 있겠다—나는 새로운 작품을 시도하기 전에 오류를 범할 위험을 최소한으로 줄이고 즉흥적인 작업에 끌리는 것을 미리 예방하기 위해, 최대한의 자료를 모으고 노트와 카드를 축적하는 일에 언제나 온 정성을 기울였다. 내가 어떤 소설을 준비한다거나, 적어도 그 작품의 일부분을 준비하면서 쏟은 편집광적인 정성은, 정도의 차이는 있어도 고증학적 연구와 실랑이를 벌이는 고문서 학교

학자의 근면성을 상기하는 것과 무관하지 않다.(재미있는 것은 이처럼 나의 작품에 비중을 두는 것을 흐뭇해하고 있었고 그렇게 함으로써 나의 작품에 무게를 주었는지도 모르겠다….)

『어느 성자의 생애Une vie de saint』

1906년 겨울(결혼 직후 북아프리카에서 보냈다.)에 나는 『어느 성자의 생애』라는 제목의 3부작 작품의 계획을 세웠다. 그것은 세Sées 교구의 어느 신부의 상세한 전기였다. 나는 이 주인공이 태어날 때부터 시작해서 신앙심의 변천 과정, 인생 체험과 소교구에서의 업적을 두루 망라하면서 노년기에 이르러 전원의 초라한 사제관에서 세상을 떠나기까지의 생애를 한 단계 한 단계 묘사하였다.(실상 나의 문학 입문이 여러 권으로 이어지면서 하나의 세계 전체를 묘사하는 대화체의 장편소설이 아닌 다른 형식으로 이루어지리라고는 상상도 못 했다….)

나는 약 18개월 동안 이 작품에 심혈을 기울였다. 작은 책 두 권 분량을 이미 썼을 때였다.(나의 주인공은 아직 신학교에 입학도 하지 않은 상태였다.) 그때가 1908년 1월이었다. 나는 한 친구*에게 이 작품을 읽어주었다. 그 친구의 고상한 취미와 비평적 감각 때문에 나는 그를 대단히 신뢰하고 있었다. 그런데 그가 실망의 빛을 감추지 않았다. 나는 길을 잘못 들었음을 깨달았다. 이야기는 이루 말할 수 없는 자기만족과 더불어 대화

* 귀스타브 발몽(Gustave Valmont, 1881-1914). 문학가이며, 고문서 학교 졸업생. 제1차 세계대전 초기에 전사했다. 1911년에 『사랑의 날개(L'Aile de l'amour)』라는 시집 한 권을 출판했다.—원주(原註)

에서 대화로 길게 이어졌다. 나 자신의 역량을 과대평가한 것이다. 오랜 노력이 결국 실패로 끝나기는 했지만, 보람 있는 훈련이었으며 언젠가는 그 보상을 분명히 받으리라는 씁쓸한 자위만이 남았다…. 더 이상 고집스럽게 밀고 나갈 만큼 나는 바보가 아니었다. 그래서 산더미 같은 원고 뭉치를 벽장 구석에 넣어두었다.(그 뭉치를 파기하지는 않았지만, 두 번 다시 들여다보지도 않았다.)

곧바로 다시 다른 작품을 시작할 엄두가 나지 않았다. 그때 문득 망쳐버린 그해 겨울의 마지막을 정신의학에 관한 지식을 얻는 데 바쳐야겠다는 생각이 들었다. 나는 화가 다냥부브레의 아들이자 의학도이며, 내 군복무 시절의 동료이기도 한 친구의 조언과 도움으로 조르주 뒤마 교수를 소개받아 여러 병원을 드나들 수 있었다. 그리고 몇 달 동안 선생들을 보좌하는 통근 조수 그룹에 섞여, 당시 가장 유명한 전문의들인 오텔디외 병원의 질베르 발레, 피티에 병원의 비빈스키, 살페트리에르 병원의 레몽, 생탄 병원의 조르주 뒤마 등의 임상 강의에 정기적으로 출석했다. 이들의 강의 분위기는 꽤 마음에 들었다. 매우 피상적이기는 했지만, 그래도 비상한 관심을 갖고 아침마다 눈앞에서 전개되는 수많은 인상적인 증상을 목격함으로써 나는 혼란스러운 정신 질환의 특징을 차츰 알게 되었다.

그러나 그것은 부득이한 선택에 지나지 않았다. 심한 절망감을 안고 병실에서 병실로 옮겨 다니던 어느 날, 나는 나 자신의 자질을 의심하기에 이르렀다. 아니, 그보다는 나 자신의 능력에 대해 환상을 품고 있었다는 사실을 분명히 깨닫게 되었다…. 문학 활동을 다시 시작하지 않는다면 마음의 평정을 되찾을 수 없으리라는 것을 알았다.

『생성』

인생을 그르칠지도 모른다는 불안감에 줄곧 시달려오던 나는 돌연 구원받은 느낌이 들었다. 재능은 없지만 그래도 '자신의 능력에 대한 환상'으로 가득 차 있었고, 일련의 무모한 시도와 실패로 인생을 끝낼 한 문학 청년의 이야기를 쓰고 싶은 욕구가 나의 마음을 사로잡았던 것이다.(만일 내가 이 '낙오자'의 상像을 성공적으로 그린다면 나는 주인공과 같은 비참한 유명을 따를 염려는 없으리라는 생각이 들었다.)

작품을 쓰고 싶은 조급한 마음에 나는 화창한 날씨가 찾아들자마자 아내와 딸을 데리고 파리를 떠나 퐁텐블로* 숲에 있는 바르비종**의 한 여인숙에 거처를 정했다. 거기에서 지금까지의 모든 원칙과는 반대로 노트도 없이, 계획도 거의 세우지 않고, 펜 가는 대로 거침없이 써 내려간 끝에, 몇 주 만에 『생성』의 초안을 대충 마무리했다. 그 뒤 몇 달 동안 원고에 약간의 수정을 했다. 그리고 파리로 돌아오자마자 원고를 올렌도르프 출판사에 들고 갔다. 올렌도르프는 출판에 동의했다.(그러나 출판 비용은 저자의 부담이었다.) 그렇게 해서 『생성』은 즉시 인쇄되어 연말부터 판매에 들어갔다. 친구들과 몇몇 비평가들이 해준 격려의 말이 결과적으로 나에게는 보상이 되었다. 모든

* 파리 남동쪽에 위치한 작은 도시.

** 퐁텐블로 숲 서북부에 위치한 작은 마을로, 밀레를 비롯한 풍경화가들이 활동하던 곳이다.

희망이 되살아남을 느꼈다. 나는 궤도에 올라섰으며, 나의 실력을 발휘할 때가 오기를 초조하게 기다렸다.(그 이유는 내가 『생성』을 『어느 성자의 생애』의 실패 이후 내가 겪은 홀림을 쫓아줄 일종의 구마식驅魔式으로 여겼기 때문이다. 그리하여 세계대전 후에는 청년기의 이 작품을 재출간할지를 오랫동안 망설이기도 했다.)

'나의 진가를 발휘하는 것', 그것은 원대한 계획에 다시 도전하는 것이나 다름없었다. 톨스토이를 발견한 뒤로 대벽화 소설에 대한 나의 열기는 로맹 롤랑의 『장 크리스토프』, 고골의 『죽은 영혼』, 도스토옙스키의 여러 작품, 조지 엘리엇의 『미들마치』와 『애덤 비드』, 토머스 하디의 『테스』, 셀마 라겔뢰프의 『예스타 베를링 이야기』 등을 탐독함으로써 한층 더 고조되었다.

『마리즈Marise』

나는 새로운 작품 『마리즈』에 열성을 갖고 뛰어들었다. 이번에도 한 개인의 기나긴 전기傳記를 쓸 계획을 세웠다. 한 여성이 태어나서 죽기까지의 이야기 말이다. 한 소녀의 사춘기의 몽상과 묘한 흥분을 묘사하고 싶었다. 그 뒤에는 젊은 여인으로서, 아내로서, 어머니로서의 모험과 기쁨, 실망, 고뇌 등을, 그다음에는 성숙기의 화려한 개화開花와 최후의 정염情炎을, 그리고 마침내는 늙어가는 인간의 굼뜬 걸음걸이, 그리고 최후의 반항기를 겪은 뒤, 점진적인 포기, 체념의 우울한 경지에 이르기까지의 과정을 그려보고 싶었다.

이와 같은 '노쇠'의 주제는 언제나 강박관념처럼 나를 따라다녔다. 그리고 대부분의 작품에서 커다란 위치를 차지했다.(훗날 장 바루아의 육체적, 정신적 쇠약을 그토록 끈질기게 분석하기를 즐겼던 내 작품의 페이지가 행복을 누리고 있고, 건강하며, 미래에 대한 확신이 서 있고, 그날그날 살아가는 즐거움에 젖어 있는 한 인간에 의해 쓰여졌다는 것, 그것도 겨우 서른 살 남짓한 젊은이에 의해 쓰여졌다는 것은 기이하면서도 무엇인가 뜻하는 바가 있지 않을까?) 나는 작품 전체를 내 여주인공의 만년에 할애할 생각이었다. 그리고 무관심 아니면 무감각으로 점철된 만년의 평정, 지고의 은총처럼 자주 찾아들어 파란만장한 생애의 마지막을 달래주곤 하던 그런 마음의 평정을 온갖 뉘앙스를 곁들여 묘사하고자 했다. 살아 있는 사람들을 열광시키는 그 어느 것도 무기력한 감각에는 더 이상 반향을 불러일으키지 못하는 연령, '결코 다시는'의 연령, 그것은 인간들이 죽음을 외면하기 위해 무엇을 원하든, 무엇을 하든 간에 죽음이 늦게 자태를 보이기도 하고, 아무런 징후도 나타내지 않고 찾아들기도 하지만, 노인에게는 자신이 누리고 있는 집행유예의 삶보다도 훨씬 더 중차대하게 여겨지는 최종 단계이다. 나는 이러한 것들을 각별히 신경 써서 묘사하고자 했던 것이다.

계획 자체는 나무랄 데 없었다. 그러나 결국 실패로 끝나고 말았다. 이야기를 꾸미는 작업이 진전되면서 여성의 성격 분석에 직면할 때면 당혹감이 커진다는 것을 깨달았다. 줄곧 여러 가지 어려움에 부딪치면서도 극복할 방도를 찾지 못하고 있었다. 마침내 난관을 벗어나기 위한 타협점을 찾아냈다. 하지만 바람직하지 않은 처사였다…. 첫 실패 경험 때문에 이번에도 막다른 골목으로 들어서고 있다는 사실을 시의적절하게 깨달았다. 나는 과감히 단념했다. 작업이 아직 예비 단계에 머물러 있었고, 작품의 1부조차 쓰지 않은 상태였기 때문에 노트나 원고를 파기한다고 해서 대단한 희생을 치르는 것도 아니었다. 게다가 중요하게 여겨지는 몇 장면은 영감이 떠오르는 대로 초고를 쓴 터였고, 전체 매수도 별로 많지 않았다. 그 작품의 원고는 내게 아무것도 남아 있지 않다.

아무것도 없다고는 했지만, 내가 무엇보다도 신경 써서 상술했던 에피소드 하나는 파기하지 않고 남겨두었는데, 그것이 불행의 씨앗이 되었다. 그 에피소드에 바친 노고를 생각하니 나도 모르게 관용을 베풀고 싶은 생각이 들었다. 다시 말해 보잘것없는 그 원고를 사장하고 싶지 않다는 엉뚱한 생각이 들었던 것이다. 약간의 수정과 부연 설명을 첨가함으로써 긴 중편소설의 체제를 충분히 갖출 수 있었다. 거기에 '우리들 중의 하나 L'Une de nous'라는 애매한 제목을 붙였다. 나는 그것을 파리에 새로 출판사를 낸 젊은 발행인에게 들고 갔다. 그는 장래성 있는 신인들을 발굴하여 등단시키는 것으로 널리 알려진 베르나르 그라세Bernard Grasset였다. 그는 나의 소설을 출판하는 데 동의했다. 그러나 올렌도르프 출판사에서 『생성』을 출판할 때와 마찬가지로 자비 부담이었다. 어쨌든 아량이 넓은 그라세는 내 다음 소설의 출판은 그가 비용을 부담한다는 조건으로 계약을 맺었다.

『우리들 중의 하나』의 출간은 사람들의 주의를 전혀 끌지 못했다. 증정본도 몇 권 되지 않았고, 책은 한 권도 팔리지 않았다.

이런 소설의 출판을 부탁한다는 것은 비상식적인 짓이라는 것, 그리고 그것은 시대에 뒤진 '자연주의'적 작품이며 감상벽과 개탄스러운 악취미에 지나지 않는다는 것을 나는 즉시 깨달았다. 그로부터 5년 뒤, 전쟁 기간 동안, 팔리지도 않고 팔 수도 없는 그 책, 서점을 혼잡스럽게만 하는 그 책의 재고를 어떻게 처리하면 좋겠는가 하고 그라세 출판사가 나에게 정중히 물어왔을 때, 나는 이때야말로 어리석은 모험의 흔적을 말살할 수 있는 좋은 기회라고 생각했다. 그래서 홀가분한 마음으로 재고품 모두를 폐기 처분하도록 했다.

『장 바루아Jean Barois』

지금까지 자행한 오만한 시도에서 눈을 돌리기는커녕, 나는 오히려 여러 차례의 고배苦杯를 '진가를 발휘하려는' 나의 성급한 마음을 더욱 고취시키는 계기로 삼았다.

나는 머릿속에 구상하고 있는 새로운 계획—남자를 주인공으로 하는 일대전기一大傳記로, 그의 운명과 양심에 관한 이야기를 다루는 것—을 성공적으로 수행하기 위해서는 정신 집중이 필요한데 파리의 생활은 그것과는 거리가 멀다는 것을 확신하기에 이르렀다.

마침 아내의 동의도 있었기에—나의 일을 도와주어야 할 필요가 있거나 밀어주어야 할 일이 생겼을 때에는 자신이 좋아하는 일은 마다하고 언제나 자진해서 협조하는 아내였다—나는 시골에 가서 지내기로 마음을 굳혔다. 1910년, 부모님 소유인, 방학 때에만 이용하던 베리Berry 지방의 시골집으로 이주했다. 상세르그Sancergues 근처의 베르제 도지Verger d'Augy로 나의 서재를 옮겼고, 바로 그곳에서 3년간 계속 「해방S'affranchir」(이것은 잠정적인 제목이었고, 훗날 '장 바루아'라는 제목을 붙였다.)의 창작에 몰두했다.

1913년 봄에 작품이 완성되었다. 내 친구 장 리샤르 블로크Jean-Richard Bloch가 최근 창간한 소잡지 『자유의 노력L'Effort libre』에 내 작품의 한 부분*을 발표했다.(늙은 바루아와 두 젊은 가톨릭 반동분자 사이의 논쟁 장면으로, **비평 시대** 최초의 삽화였다.) 나는 새 작품의 출간을 위해 발행인을 찾는 일에는 별로 신경 쓰지 않았다. 왜냐하면 베르나르 그라세가 앞으로는 출판을 맡아주기로 미리 약속을 했기 때문이었다. 그런데 그라세는 원고를 받자마자 원고의 분량에 당황했는지, 아니면 전체가 대화체로 구성된 장편소설의 기이한 외관에 놀랐는지, 1913년 6월 17일에 다정하면서도 준엄한 어투의 편지를 보내왔다. 그는 자신이 한 약속을 부인하지 않으면서도("나는 우리의 첫 번째 계약에 따라 이 소설을 출판할 의무가 있네"라고 말했다.) 이 소설의 출판을 포기할 것을 강력히 요구했다. "이것은 소설이 아니라 한 다발의 서류에 지나지 않아. 자네는 다른 사람은 감히 꿈도 못 꾸는 어려운 일을 해보고 싶었던 거야. 자네는 완전히 패배했어. 이렇게 말한다고 해서 나를 원망하지는 말게나. 나의 솔직함을 섭섭하게 여기지 않았으면 좋겠네. 내 생각을 분명히 말해두지만, 자네의 작품은 완전히 실패작이야…. 독자가 100쪽이라도 읽어 나갈지 의심스럽다네."

그렇지만 『자유의 노력』에 실렸던 단편소설이 마르셀 드 코

* 『장 바루아』 3부의 한 부분.

페나 장 리샤르 블로크 같은 몇몇 친구에게서는 찬사를 얻어냈다. 이들은 확고한 문학적 감각을 지니고 있으면서 까다롭기로 이름난 친구들이었다. 이들은 나에게 많은 기대를 걸고 있었으며, 여차한 경우라면 자신들의 실망을 나에게 솔직히 털어놓았을 것이다. 나 역시 그들의 솔직함을 전적으로 신뢰하는 그런 친구들이었다…. 어떻게 생각해야 할까? 그라세의 판단은 정당하고 절대적인 것이었기에 가볍게 넘길 수는 없었다. 그는 지적이고 신중한 사람이며, 그가 출간하는 작품들의 작가들을 보더라도 그의 비평적 감각과 통찰력은 전문가로서의 면모를 그대로 보여주고 있었다. 그의 편지에 나는 정말로 실망했다. 3년 동안 오로지 내 목표만을 향해 두 눈을 부릅뜨고 혼자서 고심참담故心慘憺했던 것이다. 나는 그것에다 지력과 의지와 열의가 허용하는 범위 안에서 온갖 노력을 쏟아부었다…. 그런데 그토록 기대를 걸었던 원고가 『어느 성자의 생애』의 경우와 마찬가지로 벽장 속에 처박혀 아무짝에도 쓸모없는 폐품이 되어야 한단 말인가?

그러던 중 아주 우연하게, 작가로서의 나의 생애 전반에 걸쳐 지대한 영향을 미치게 될 사건이 나를 불안감에서 구해주었다. 거의 기적에 가까운 우연이었다. 그라세의 편지를 받은 지 일주일도 채 안 되어 일어난 일이었기 때문이다!

그날 나는 오페라 극장 뒤편의 알레비 거리를 걸어가고 있었다. 누군가 나를 부르는 소리가 들렸다. 내 옆에 택시가 멈춰 서더니 가스통 갈리마르Gaston Gallimard가 보도로 뛰어내렸다.

스무 해 전, 우리는 콩도르세의 동급생이었다. 같은 반이었을 뿐 아니라, 1년 내내 책상을 맞대고 있던 사이였다. 오래전부터 우리의 두 가정이 서로 왕래했던 까닭에 처음 만나는 순간부터 우리는 금방 친해질 수 있었으며, 얼마 지나지 않아 우리 사이는 진정한 우정으로 바뀌었다. 정서와 성격, 그리고 취향이 서로 비슷한 점이 많았기 때문이다. 특히 우리는 현대 문학, 연극, 소설에 똑같이 흥미를 느끼고 있었다. 그 친구가 자기 아버지의 서재에서 호화판 장정의 책들을 몰래 '빌려 와' 내게 빌려주는 아량을 베풀곤 하던 일은 잊을 수가 없다. 내가 콩도르세를 떠나면서 우리는 졸업 전에 헤어지게 되었다. 그 뒤로는 서로 만날 기회가 드물었다. 그러나 소년 시절의 애정이 워낙 깊이 뿌리를 내리고 있던 터라 옛날의 신실했던 우정을 단번에 되살리는 데에는 다시 자리를 함께하는 것만으로도 충분했다.

나는 갈리마르가 (당시 사람들이 '지드 패거리'라고 부르던) 그 젊은 그룹에 속해 있다는 것을 알고 있었다. 그 그룹은 앙드레 지드, 장 슐룸베르제,* 자크 코포를 중심으로 4년 전에 매력적인 월간지 『새 프랑스 평론La Nouvelle Revue Française』을 창간했으며, 나는 초창기부터 그 잡지의 열렬한 애독자였다. 또한 최근 『N.R.F.』**의 친구들이 갈리마르에게 자금 조달이 가능하다면 규모가 작은 출판사를 세워보라고 권유했다는 것도 알고 있었다.

물론 최근에 있었던 괴로운 경험, 그라세의 가혹한 평가, 그로 인한 나의 실망 등을 그에게 알렸다. 그랬더니 스스럼없

* Jean Schlumberger(1877-1968). 작가. 1909년 앙드레 지드와 함께 『새 프랑스 평론』을 창간했다.

** '새 프랑스 평론'의 약자.

이—이것은 순전한 호의에서였다. 왜냐하면 그 당시만 해도 그가 제안한다고 해서 그의 친구들이 그것을 기꺼이 받아줄지의 여부를 예측할 수 없었기 때문이다—갈리마르는 나에게 소설을 읽어보겠노라고 하면서, 아울러 그것을『N.R.F.』모임에 제출하게 했다. 분명히 말하지만 나를 도와주는 셈 치고 기회를 한 번 주는 것 말고 그에게 다른 뜻은 전혀 없었다.

다음 날 나는 원고 사본을 그의 손에 넘겼다. 자신에게 부과되는 읽을거리에 수고를 아끼는 법이 없는 슐룸베르제는 즉시 원고를 검토했다. 읽고 난 뒤 만족감에 젖은 그는 앙드레 지드의 소견을 묻기 위해 그가 있는 퀴베르빌Cuverville로 원고를 보냈다. 사흘 뒤, 지드는 갈리마르에게 다음과 같은 전보를 보내왔다. "즉시 출판할 것." 곧이어 더 자세한 내용의 편지가 뒤따랐다. "나는 이 원고를 뜻밖의 재난처럼 받아들였다네. 그리고 얼굴을 찌푸리며 읽기 시작했지. 그런데 처음 페이지부터 (중략) 자네는 그에 관해 나에게 전혀 말한 적이 없는데, 마르탱뒤 가르라는 사람이 도대체 누구인가?…" 그러면서 그는 다음과 같이 편지를 끝맺었다. "이것을 쓴 자는 예술가는 아니야. 하지만 쾌남임에는 틀림없어!"

뜻밖의 행운이었다!

그라세와의 문제를 해결하는 일만이 남아 있었다. 그에게 즉시 서신으로, 이제 나와의 모든 계약은 면제되었고, 나 역시 계약에서 벗어나게 되었다는 것을 알렸다. 그렇게 해서 우리의 문제는 종결되었으며 우리의 관계도 종지부를 찍게 되었다. 사실 나는 그라세가 쓴 글을 늘 대단한 관심을 갖고 모두 읽었지만 그를 다시 만나지는 않았다. 그리고 그가 받은 거절하는 편지를 보내온 것에 대해 깊은 감사의 뜻을 표했다. 만일 그 편지가 없었다면 『N.R.F.』가 나에게 문호를 열어주는 기회가 결코 없었을 테니 말이다!

『장 바루아』는 여름에 벨기에에서 인쇄되어 11월 중순에 판매가 시작되었다. 먼저 갈리마르는 몇 부를 가제본하여 아카데미 공쿠르에 보냈다. 그러나 『장 바루아』는 심사위원의 주의를 전혀 끌지 못했다. 증정본을 보낸 다음 날, 나는 몇 통의 진심 어린 편지를 받고 기쁨과 놀라움을 금할 수 없었다. 그 편지는 펠릭스 르 당테크, 알랭, 레미 드 구르몽, 가브리엘 세유, 프랑수아 드 퀴렐, 로스니, 쉬아레스, 페기, 폴 데자르댕 등이 보낸 것이었다! 여기에 비해 비평계는 보다 신중한 태도를 보였다. 대화체가 대부분인 이 두툼한 책이 놀랍기는 해도 그리 마음에 들지는 않았던 모양이다. 책이 출판된 지 몇 개월이 지나서야 문학계의 거장이자 『르 탕Le Temps』의 엄격한 사부인 폴 수데가 나의 작품을 다루었다. 물론 그의 기사는 질책으로 가득 차 있었으며, 나의 작품에 쓰인 접속법 반과거에 대해 장광설을 늘어놓았다. 그러면서 주 1회 연재하는 그의 칼럼에서는 5단에 걸친 기사를 나에게 할애했다. 그리고 그의 뒤를 이어 여러 큰 일간지와 잡지에서는 내게 끌린 비평가들이 나의 책을 놓고 독자들의 호기심에 호소할 필요성을 느끼기 시작한 듯했다. 그러나 그들의 태도는 매우 조심스러웠다.

불평은 삼가는 것이 좋을 듯싶다. 요컨대 싸움은 이겼으니까!

대화체 소설

『장 바루아』처럼 방대한 소설에서 이와 같은 기발한 형식, 연속적인 대화 장면, 서한문, 텍스트에 삽입된 문헌 같은 색다른 형식을 채택한 것은 위험천만한 도박이었는지도 모른다. 그러나 나는 그런 위험에 개의치 않았다. 오래전부터 이러한 개념의 소설을 염두에 두고 있었기 때문이다.

내가 연극에 매료된 것은 어제오늘의 일이 아니다. 중학교 시절부터 프랑스 극장과 오데옹 극장에서 공연하는 고전극의 낮 공연 때 5프랑짜리 1층 뒷좌석은 단골손님인 나의 차지였다. 청년 시절에는 번슈타인, 바타유, 포르토리슈, 도네, 퀴렐, 카퓌가 출연하는 연극은 하나도 놓치지 않은 것으로 기억한다. **자유극장**의 탄생은 내 눈으로 직접 지켜보다시피 했으며, 계절마다 정기적으로 공연되는 앙투안과 쉬잔 데스프레의 작품은 모두 참관했다. 요컨대 소년 시절부터 톨스토이의 가르침에 매료되지 않았더라면 내가 우선적으로 택한 길은 단연 연극 쪽이었을 것이다.

글을 쓰기 시작했을 때에도 연극에 대한 나의 애착이 어찌나 강했던지 그 유혹에서 완전히 빠져나올 수가 없었다. 그래서 나는 본능적으로 일종의 타협점을 모색했다. 즉 소설가는 자신의 작품 속 등장인물 배후로 숨거나 사라져야 하며, 그들에게 자리를 양도해야 한다는 것, 그리고 등장인물들에게 강한 생명력을 부여함으로써 **실존**하는 인물처럼 독자들에게 군림할 수 있어야 한다는 것, 그것은 무대 위에서 연극배우들이 움직이며 이야기하는 것을 관객이 보고 듣는 것과 같은 것이라고 나는 생각했다. 그런데 연극배우가 등장인물들의 역할 연기를 통해서 그들에게 부여하는 이러한 강력한 생명력은 간단한 읽을거리에서도 어렵지 않게 얻어진다는 것을 나는 현대의 극작품을 읽으면서 알게 되었다. 다만 필수 조건으로는 대사가 나무랄 데 없이 자연스러워야 한다는 것(소설의 압축되거나 양식화된 대화가 언제나 자연스러운 것은 아니었다.) 그리고 연출의 디테일, 극의 움직임, 연기, 표정, 그리고 인물들의 어떤 종류의 억양까지도 암시적인 정확성을 띠고 기술되어야 한다는 것이다. 여기에서 소설 예술의 이점(폭넓음, 자유, 다양한 스타일, 소설가의 표현 기법이 만들어내는 다채로운 뉘앙스)과 연극 예술의 이점(배우의 실존에 의해 만들어지는 매혹적인 현실감)을 틀림없이 융합할 수 있으리라는 확신이 생겼다. 달리 말해 소설은 독자에게 관객의 시각을 줄 수 있어야만 한다. 이것이 바로 당시 내가 친한 친구들에게 입버릇처럼 말하던 나의 '기발한 착상'이었다. 나는 기회가 있을 때마다 절친한 친구들과 이것에 관해 이야기를 나누었다. 마르셀 드 코페는 귀에 못이 박이도록 들었다!… 다른 친구들도 예외는 아니었다. 로베르 시그프리드, 장 리샤르 블로크, 루이 마시뇽, 로베르 드 주브넬 등, 군대에서 알게 된 친구들 그룹 모두가 들었다. 이들의 우정은 나에게 자신감을 주었다. 그래서 실은 풍요로운 발명의 길로 들어선 느낌이었고, 앞으로 나의 전 작품에 걸쳐 개인적인 각인을 틀림없이 찍게 될 것이며, 미래의 소설가들에게 무한한 가능성을 열어줄 참신한 '방법'을 찾아낸 것이라고 생각했다!

이런 고정관념은 오래전으로 거슬러 올라간다. 1903년, 군복무를 하는 동안 나는 이미 연극적인 장면 지시를 곁들여 대화체로 구성한 『장 플레르Jean Flers』라는 장편소설을 쓰면서 이 '방법'의 최초 실례를 친구들에게 보여주고자 했다. 몇 년 뒤 『어느 성자의 생애』를 쓰기 시작했을 때, 여러 권으로 이루어진 작품을 구상하고 있으면서도 나는 주저하지 않고 같은 형식을 채택했다. 미완성인 이 작품의 원고는 오로지 대화로만 이루어졌던 것이다. 『생성』을 쓰기 위해 일시적으로 '고정관념'을 포기하기는 했지만, 그것은 어디까지나 『어느 성자의 생애』의 실패를 통해 그 유명한 방법이 적절하지 않았음이 입증된 것이라고 생각했기 때문이다. 그런데 이번만은 내가 봉착해 있는 곤경에서 되도록 빨리 벗어나고 싶었다. 또다시 명백한 시련을 무릅쓰면서까지 나의 작업을 복잡하게 만들고 싶지 않았다…. 그러나 『장 바루아』에 매달렸을 때에는, 내 마음을 그토록 강렬하게 사로잡고 있던 작품이기에 나의 '기발한 착상'이라든가, 대화 장면에 의한 전개 방법을 포기할 생각을 한시도 해보지 않았다. 그런 와중에 전쟁이 발발하여 나의 작업은 갑작스럽게 중단되었다. 6년의 공백 기간을 겪은 뒤, 『티보가 사람들Les Thibault』을 준비하기 위해 다시 펜을 들었을 때, '어떤 형태를 채택할 것인가?'라는 문제가 당연히 제기되었다. 그런데 이번에는 격심한 위구심危懼心이 함께했다. 이런 내적인 갈등은 여러 달 지속되었다. 당시의 내 편지나 노트가 그것을 확실히 증명해준다. 이 문제를 지극히 구체적인 관점에서 검토하기 위해, 또한 당면한 두 가지 해결책 사이의 명확한 비교를 '보고 난 다음' 확립하기 위해, 나는 그 자체로 전체를 이루는 하나의 에피소드를 구상했던 것으로 기억한다. 그리고 서로 다른 글쓰기 방법을 모색하는 데에 주력했다. 하나는 현재형으로 쓰인 대화 형식이었고, 다른 하나는 전통적인 소설의 관례적인 형식이었다. 이렇게 한 다음, 나는 두 개의 초고를 가능한 한 객관적으로 검증했다. 버전 1(대화 형식으로 쓰인 것)의 등장인물들이 확실히 더 살아 있는 듯했다. 전체적으로 볼 때, 이처럼 대화 형식으로 표현된 에피소드가 버전 2에서보다 더 뚜렷하게 부각되었다. 그러나 이러한 '연출'을 실현하기 위해서는 세부 묘사를 늘려야 했고, 온갖 종류의 기발한 완곡어법을 생각해내야 했다. 대부분의 경우, 주제의 상술에 꼭 필요한 것이더라도 아무것도 덧붙이지 않았다. 결과는 버전 1이 버전 2보다 서너 배가 더 길었다. 그렇지만 버전 2에서는 필요한 것이 모두 기술되었다. 이렇게 간결하면서도 무미건조함이 없는 것이 버전 1의 재치 있는 장광설보다는 결국 더 바람직한 밀도를 텍스트에 제공했던 것이다. 그러므로 여러 권으로 예정하고 있는 『티보가 사람들』에 『장 바루아』의 형태를 무리하게 적용한다면 무모한 모험에 빠져들어 독자를 피곤하게 만들 것이며, 또한 일을 성공적으로 수행하리라는 보장도 없다는 것이 분명히 드러났다.

또 한 가지 객관적인 사실을 충분히 납득하게 되었다. 즉 대화에서 서술자가 동사의 현재형만을 사용하게 하면—내가 이 문제를 알아차리는 데 그토록 오랜 시간이 걸린 것이 놀랍다—서술자의 표현 수단이 매우 빈약해진다는 것, 그리고 서술자가 다양한 동사의 시제를 마음대로 구사하거나 같은 단락 안에서 때로는 현재, 때로는 반과거, 때로는 과거 등을 자유롭게 쓸 수 있는 경우와 달리, 서술자에게 허용된 온갖 뉘앙스와 정교함을 박탈당한다는 것을 깨달은 것이다.

따라서 『티보가 사람들』을 쓰기 시작했을 때 나는 이미 결심이 서 있었다. 그리고 그것을 단 한 번도 후회한 적이 없었다.

『새 프랑스 평론』

『장 바루아』 덕분에 『N.R.F.』 그룹에 들어가게 되었고, 가스통 갈리마르가 나를 신뢰해도 좋은 죽마고우라고 그룹 전체에 소개했던 날부터, 그리고 셰르 지방의 은신처에서 도착하자마자 앙리 게옹, 레옹 폴 파르그, 자크 리비에르, 알랭 푸르니에, 마르셀 드루앵, 발레리 라르보, 프랑수아 포르셰, 알베르 티보데 등 잡지의 목차를 통해 그 이름을 익히 알고 있는 작가들에게서 동료 대접을 받았던 날부터, 장 슐룸베르제나 앙드레 지드와 같은 사람과 대등한 입장에서 가까이 지낼 수 있게 되었는가 하면, 그들의 공감도 얻었고, 그뿐 아니라 그 공감이 보기 드문 우정의 분명한 전조임을 느낄 수 있던 날부터, 나는 드디어 남모르는 고독에서 벗어나게 되었다.(나는 그 고독을 의식하지 못한 채 그 때문에 고통을 겪었다. 광부가 갱 밑바닥에서 별안간 다량의 신선한 공기를 마시면서, 그때껏 환기가 잘 안 되는 갱도에서 고생하고 있었다는 사실을 비로소 깨닫게 되는 것과 마찬가지이다….)

내가 마음을 주고 지내는 측근들 가운데에는 그런대로 교양 있는 친구들도 있었다. 그들은 내가 어려움에 처할 때에는 언제나 현명한 충고와 진심 어린 위로를 아끼지 않았다. 그러나 그들은 작가가 아니었다. 문학은 그들 생활의 여백으로 남아 있는 사치품과도 같은 것이었다. 그런데 『N.R.F.』 그룹이 돌연 나에게 이질적인 것을 제공했던 것이다. 즉 포용력 있는 정신적인 가족으로서 그들의 열망이나 탐구는 나의 것과 닮아 있었다. 그리하여 나는 거기에서 나의 정신적인 독립은 조금도 훼손당하지 않고 나의 자리를 차지할 수 있었다. 사실 그 자유분방한 친구들의 모임만큼 교조주의적인 것도 없었다. 외부에서 그 모임을 평가하는 사람들이 이들을 '패거리'라고 매우 그럴싸하게 이름 붙일 정도였으니 말이다.

나는 이들과의 접촉이 나에게 무엇을 가져다줄 것인지를 아주 분명하게 즉시 깨닫고, 1914년 겨울은 파리의 그들 분위기 속에서 지내기로 결심했다.

그런데—이 사실은 내가 예측하지 못한 것인데—내가 파리에서 겨울을 지내면서 얻은 사실상의 특별한 이득은 처음의 예상과는 달리, 앞으로 은혜를 입을 지드나 슐룸베르제와의 교제가 아니라, 실은 자크 코포와의 교우에 있었다.

(당시 앙드레 지드와의 관계는 단속적이었다. 그러므로 비교적 예의를 갖추는 편이었다. 우리의 관계가 정말 허물없는, 진정 친밀한 사이가 되어 아주 능률적인 인간관계가 된 것은 전쟁으로 인한 단절이 있은 지 한참 뒤의 일이다.* 장 슐룸베르제로 말할 것 같으면 나는 분명 그에게 대단한 호감을 갖고 있었으며, 그가 나에게 베푸는 배려에 매우 고마워하고 있었다. 그리고 우

* 이 『회상』에서는 앙드레 지드가 내 인생에서 어떤 위치를 차지했는지에 관해서는 부연 설명 하지 않겠다. 이러한 친분 관계, 즉 마음과 정신에 끊임없이 기쁨의 기회가 주어지고 풍요로움이 고갈되지 않는 원천과도 같은 우리의 관계가 어떠했는지는 다른 지면(플레이아드판 제2권의 「앙드레 지드에 관한 노트」)에서 소개하겠다. 지드는 '대망을 품으라'고 나를 줄곧 격려했다. 그가 아니었다면 도저히 이르지도, 유지하지도 못했을 수준까지 그의 정성 어린 우정이 나를 끌어올렸다는 사실을 나는 잘 알고 있다.—원주

리의 대화는 날이 갈수록 점점 더 신뢰감이 감돌고 자유분방해졌다. 그러나 이런 진전을 보는 데에는 시간이 걸렸다. 그의 생활 방식은 매우 근면하고 치밀하게 짜여 있었다. 그래서 그의 절친한 친구들도 뚜렷한 목적 없이 그와 함께 심심풀이로 한때 시간을 보낸다는 생각은 감히 하지도 못했다. 그뿐 아니라 슐룸베르제는 생각나는 대로 이야기를 한다거나, 단둘이 마주 앉아 저녁 한때를 보내면서 중심도 없는 이야기로 이 주제에서 저 주제로 비약하다가 마침내 기염을 토하는 그런 사람이 아니었다. 특히 그 당시 대단한 노력가였던 그에게는 친구 사이에 한가롭게 거닐면서 산책을 하거나 토론을 하는 따위의 일은 그의 습관이나 취미에 거의 어울리지 않았다. 물론 자그마한 우정의 표시에 응해야 하는 일이 생기면 그 역시 상대와 마찬가지로 거기에서 기분 전환을 맛보는 경우도 있었다. 그러나 '헛되이 보낸 저녁 시간'은 자신의 일정표에서 도둑맞은 시간이라고 마음속으로 언제나 후회하는 사람이었다. 이마를 찡그린다든가, 대답을 얼버무린다든가, 힐끗 시계를 보는 식의 태도는 자신도 모르는 사이에 무의식적인 회한의 감정을 드러내는 것이었다…. 그로부터 6개월 뒤인 봄, 전쟁이 일어나기 몇 주 전, 슐룸베르제가 나의 시골집에 와서 체류하는 동안 우리 사이는 공감의 단계를 결정적으로 넘어서, 지난 40년 동안 변함없이 유지해온 온정과 신뢰와 맑은 애정의 단계에 단숨에 이르게 되었다.)

자크 코포와의 만남은 매우 색다른 특징을 띠었다. 기질이 서로 비슷했던 까닭에 즉시 서로를 이해하게 되었고, 마치 둘 다 숙명적으로 그럴 수밖에 없었던 것처럼 우리의 우정은 단번에 꽃을 피워 깊이 있게 발전했다.

내가 코포에게 진 빚

1913년 『N.R.F.』 9월호에서 나는 코포의 최초의 성명인 「연극 개혁의 시도」를 읽었다. 갈리마르는 여러 차례 애정과 찬탄을 곁들여 '자크'의 계획에 관해 오랫동안 이야기했다. 나는 리비에르가 잡지 경영을 맡은 것을 알고 있었다. 그것은 코포가 오로지 자신의 일생일대의 거사巨事에 전념할 수 있도록 도움을 주기 위해서였다. 그 거사란 『N.R.F.』의 정신적인 뒷받침과 친구들의 재정적 지원으로 큰 거리에서 멀리 떨어진 왼쪽 강변에 완전히 새로운 성격의 극장 하나를 창설하는 일이었다. 코포는 이 극장에서, 관객의 취미 하락과 주요 극장의 돈벌이주의로 인해 연극 예술이 저질화에 빠져 있는 것에 맞서서, 여러 가지 선언은 말할 것도 없고, 모범적인 공연을 통해 과감하게 투쟁할 것을 계획하고 있었다.

10월에 나는 『장 바루아』의 출판차 파리에 며칠 들러야 할 일도 있고 해서 22일에 있을 예정인 비외콜롱비에 극장Théâtre du Vieux-Colombier 개관식에 참석할 수 있도록 여행 일정을 조정했다. 개관식을 위해 선정된 공연물은 엘리자베스 시대의 작품인 토머스 헤이우드의 『정 때문에 살해된 여인A Woman Killed with Kindness』이었다.

저녁 개관 공연이 있던 날, 갈리마르가 오후에 새 극장에서 나를 만났으면 한다는 전갈을 보내왔다. 갈리마르는 최소 1년 동안은 극장 관리인이라는 힘겨운 역할을 맡기로 한 터였다.

약속된 시간에 갔더니 갈리마르가 바람이 가로지르는 좁은 현관에 놓인 작은 이동 탁자 뒤에 추운 듯이 웅크리고 앉아 있었다. 그런데 그 현관은 유곽遊廓의 응접실처럼 높은 유리와 버터색 물감으로 뒤덮인 제과점의 꽃장식으로 이상하게 꾸며져 있었다. 그곳은 지난날의 뮤직홀 '아테네생제르맹'의 후신으로, 코포가 1년에 15,000프랑으로 임대하여 비외콜롱비에 극장이라고 이름 붙인 것이었다. 마침 동호인 전체가 프랑시스 주르댕의 지휘 아래 마지막 순간의 마무리 작업을 하느라 분주히 왔다 갔다 하며 야단법석이었다.

갈리마르가 나를 홀로 안내했다. 그는 멀리 있는 코포를 가리켰다. 급히 떼어낸 발판 아래, 벽토의 부스러기 먼지와 망치를 두들기는 소음 속에서, 상반신에는 몸에 딱 맞는 암녹색 재킷을 걸치고, 턱을 타탄체크 모직물로 된 헐렁한 스카프 속에 묻은 채, 〈야경〉*의 대장에게 빌려 온 듯한 챙 넓은 벨트 모자를 쓴 코포가 정신없이 왔다 갔다 하고 있었다. 그는 끊임없이 객석에서 무대로, 무대에서 객석으로 민첩하게 오르내리고 있었다. 열에 들뜬 듯한 얼굴, 모자 그늘 안에서 타는 듯한 그의 눈길을 알아볼 수 있었다. 그는 마지막 막의 배우들 위치를 정해주고 있었다. 발레 교사의 요구도 있고 해서 전체를 판단하기 위해 관객석의 구석까지 자주 물러나곤 하면서 여주인공이 숨을 거두는 사주식四柱式 침대 주위에 배우들이 천천히 모이는 장면을 열 번이나 반복하게 했다. "블랑슈 알반이야." 하고 갈리마르가 내게 귀띔해주었다. "알다시피 오데옹 거리, 『조각상들의 그늘에서Dans l'ombre des statues』의 작가 조르주 뒤아멜의 아내야…." 그러고 나서 그가 키 크고 야윈 사람을 가리켰는데, 그

* 렘브란트의 유명한 그림.

때 코포가 그를 향해 "움직이지 마! 너는 우는 거야. 몸짓을 해서는 안 돼!"라고 고함을 치고 있었다. 그 단역배우는 등밖에 보이지 않았다. 그는 고개를 수그리고 어깨를 축 늘어뜨린 채 침대 발치에서 꼼짝도 하지 않고 서 있었다. 그런 그의 굳어진 포즈는 빈사 상태의 여주인을 앞에 둔 하인의 괴로움을 매우 인상적으로 나타내고 있었다. "저 친구가 무대감독이야. 코포의 오른팔인 주베*야"라고 갈리마르가 말했다.

30분 뒤, 나는 텅 빈 객석에서 숨을 약간 헐떡이며 두 손으로 햄 샌드위치를 들고 아무 말 없이 베어 먹고 있는 코포 옆에 가서 앉았다. 빵을 다 먹고 나자 그는 백색 도자기 파이프에 불을 붙였다. 그러더니 몸을 구부려 미소 지으며 정답게 내게 팔짱을 끼고는 말 눈 같은 큰 눈을 내게로 돌렸다. 잠시 동안 그는 조심하면서 반기는 듯한 신뢰의 눈으로 나를 가까이에서 살폈다. 거기에는 분별없는 호기심이 아니라, 사람의 마음속에 성급히 뛰어들려는 본능적인 공감이 엿보였다. "그래, 장 바루아, 당신의 인상은?… 말해봐요…. 자, 솔직히 말해봐요!" '솔직히'라는 말을 발음할 때 그의 목소리는 또렷하고 열정적이었으며, 남에게 쉽게 전파될 수 있는 활기로 떨리고 있었다. 나는 이 사람이야말로 마음을 열고 솔직히 말할 수 있는, 아주 사귀기 쉽고 매력적인 상대가 되리라는 것을 곧 알아차렸다….

11월 초에 『장 바루아』가 출판될 예정이었다. 그래서 우리는 파

* 프랑스의 유명한 배우이자 연출가인 루이 주베(Louis Jouvet, 1887-1951).

리로 돌아왔다.

오후 늦게 돌아오자마자 극장으로 달려갔다. 나는 버터색 꽃장식과 높은 유리에 갇힌 채 작은 관리인 탁자를 지키고 있는 갈리마르를 보았다. 무대 앞에서는 코포와 장 슐룸베르제가 다음 공연 작품인 슐룸베르제의 「루베르네의 아들들Les Fils Louverné」을 연습시키고 있었다.

연습이 끝나자 코포가 명랑한 얼굴로 다가와서는 나를 연출책임자실인 작은 방으로 데려갔다. 그곳 역시 버터색으로 칠해져 있었다. 그곳에는 의자 하나, 화장대 하나, 그리고 그가 드러눕기 위해 땅바닥에 깔아놓은 찌부러진 낡은 침대 밑판이 있었다. 그는 한쪽 팔꿈치를 괴어 몸을 기대고, 실룩거리는 큰 입가에 백색 도자기 파이프를 고정시킨 채 나를 바라보며 연기를 뿜어내고 있었다. 나는 그의 시선이 좋았다. 나를 뚫어지게 볼 때에는 날카롭고 명랑했지만, 연극에 관해 이야기를 시작할 때에는 즉시 근엄하고 돌발적이며 집요하면서도 명상에 잠긴 듯한 시선으로 바뀌었다. 그러다가 그는 곧 이런 이야기로 돌아갔다. 일의 어려움, 사람이 '하고자 하는 것'과 '마침내 실현하게 되는 것' 사이의 절망적인 차이를 나에게 설명해주는 것이었다…. 낮은 목소리의 은밀한 긴 독백. 그러나 그것은 자신에게 하는 속내 이야기, 빈번한 휴지休止로 중단되곤 하는 불확실한 독백이었다. 나는 침묵을 지키고 있었다. 귀를 기울이고 잘 들으려고 애썼다. 이심전심으로 단어 이상의 것을 이해한다는 느낌, 내 앞에 펼쳐지는 어떤 사상, 어떤 내적인 생활의 중심부에 갑자기 몰입한다는 느낌이 들었다. 코포 역시 그 사실을 감지했다. 그의 흐뭇해하는 미소에서 나도 그 사실을 짐작했다.

그가 하던 말을 중단했다. 그를 찾는 전화가 온 것이었다.

방을 나가기 전에 그가 일종의 감사의 표시로 한동안 나를 바라보았다. 그러고는 몸을 구부려 내 손을 잡더니 아무 말 없이 잠시 꼭 쥐고 있었다. 둘이 함께 똑같은 예감을 느꼈다고 해도 틀린 생각은 아니리라. 그와 주고받는 눈길, 그처럼 힘찬 악수, 그처럼 뜻있는 침묵, 그런 것은 참된 친구 사이에서만 가능한 것이리라…. 우리의 우정은 바로 그러한 힘찬 악수에서 꽃을 피우게 되었다. 그렇다. 서로 간의 형제 같은 애정—그 후 35년에 걸쳐 있었던 여러 차례의 불화, 사소한 오해, 피할 수 없는 피상적인 대립에도 불구하고 정말 아무것도 잃어버린 것이 없는 애틋한 온정—그것은 처음 몇 차례의 만남에서부터 우리의 마음속에서 자생적으로 싹이 텄다.

그가 연출 책임자실로 나를 보러 다시 왔을 때 나는 자리에서 일어나 있었다. 내가 경험한 감격적인 순간 뒤에 홀로 있고 싶은 욕망을 느꼈기 때문이다. 코포 역시 그러했으리라. 그는 나를 붙들어두려고 하지 않았다. 가장 간단한 작별의 인사말만을 건넸다. "내일 또 만나세."

(우정 어린 권유의 말, 그 말이 나를 몹시 감동시켰다. 그의 성격을 특징짓는 의미 있는 일면을 내가 알게 된 것은 시간이 훨씬 지나서의 일이다. 일단 일을 마치고 나면 코포는 친구들이 그의 궤도 안에 들어오는 것을 언제나 지극히 당연한 것으로 여겨왔다…. 그 정도로 자기 역할의 중요성을 확신하고 있었고, 그 정도로 헌신적으로 일에 뛰어들었기 때문에, 친구들은 비록 계속 같이 있기는 해도 그의 주위에서 맴돌며, 그를 보좌하고, 지지하고, 격려해야만 했다. 그는 그것보다 더 즐겁고 더 절실한 일이

그들에게 있을 수 있다는 생각은 결코 하지 않았다. 사실 그가 가장 중요시한 것은 친구들에게 그렇게 경건한 주시注視의 대상이 되는 것이었다. 때때로 그는 고약한 배우이기도 했지만, 실생활에서조차 언제나 어떤 역할을 의식하는, 말하자면 '타고난 배우'였으며, 청중을 앞에 두거나 관객들에게 둘러싸이기를 좋아했다. 그가 열의를 가지고 일을 하기 위해서는 모든 일에 봉사하고 헌신할 태세가 되어 있는 자발적이며 열광적인 도우미가 필요했다. 대개는 아무 일에도 그들을 이용하지 않았지만, 그들이 가까이 없으면 이내 그는 꼭 필요한 자극제가 부족한 사람처럼 보였다.)

물론 다음 날 오후에 나는 거기에 있었다. 그리고 저녁에 다시 찾아갔다. 공연이 끝난 뒤, 우리는 그의 사무실에 남아서 오랫동안 잡담을 나누었다. 주위에는 밤이 깃들어 있었고, 아무도 없는 극장의 정적만이 감돌 뿐이었다. 그가 자기 인생의 큰 부분을 나에게 이야기하면서 우정에 관해 말한 것이 바로 그날 저녁인 것으로 안다. 그러면서 그가 친한 친구가 무척 많은데도 늘 얼마나 고독을 느끼는지 모른다고 나에게 털어놓는 것이 아닌가…. 한 가지 기억이 떠오른다. 드라공 거리 21번지에 있는 그의 집까지 동행했을 때의 일이다. 관리인을 깨우기까지 그는 여러 번 소리를 질러야만 했다. 우리는 닫힌 대문 앞에, 한동안, 말없이, 꼼짝 않고 나란히 서 있었다. 드디어 문이 열렸다. 우리는 한참 동안 악수를 한 다음 한마디 말도 없이 헤어졌다.

두 사람을 불가항력적으로 결합시키는 과정에는 결정적인 순간이 있게 마련이다. 바로 서로가 상대에게 끌려갈 수밖에 없는 열정을 고백하는 순간이다. 집으로 돌아오자 나는 그에게 몇 마디를 쓰지 않고는 잠자리에 들 수 없었다. 나의 가슴을 부풀게 했던 일, 그에게 어떻게 말해야 좋을지 몰랐던 일 등 매우 어설프기는 했지만 그에게 모든 것을 털어놓았다. 다음 날, 나는 그에게서 우정 어린 편지를 받았다. 그도 나와 똑같이 말하고 있었다. 밤에, 내가 그에게 편지를 쓰던 똑같은 시간에 그도 편지를 썼다고 했다.

그로부터 보름도 채 안 된 어느 날, 나하고는 금세 동료 사이가 된 독설가 주베가 우리를 '두 마리 모란잉꼬'라고 불렀다.

사실 나는 매일같이 습관적으로 극장에 갔다. 그 습관은 겨울 내내 지속되었다. 1914년의 겨울은 줄곧, 아주 예외적인 경우를 제외하고는 나의 저녁 시간을 비외콜롱비에에서 보냈다.(연습하는 것을 자기 곁에서 지켜봐 달라고 코포가 나를 자주 부르던 오후 시간은 차치하더라도.)

저녁이면 그는 막간에도 나를 분장실에 붙들어두었다. 그가 의상을 갈아입고 분장을 고치는 동안 우리는 즐겁게 잡담을 나누었다. 다음 막이 올라가면 나는 객석 구석에 있거나 아니면 갈리마르 곁에 가서 자리를 잡았는데, 그가 있는 좁은 통로에는 『N.R.F.』 그룹 전원이 자리를 함께하곤 했다. 공연이 끝나고 친구들과 차례로 인사를 나눈 다음, 현관 셔터를 내리는 임무를 맡은 마지막 무대장치인이 '극장주'에게 와서 작별 인사를 하고 가장 구석진 곳에도 불 켜진 전구가 남아 있지 않다는 것을 확인했을 때에야 우리는 극장을 나섰다. 코포가 자물쇠로 문을 잠그고 나면 우리는 밤의 신선한 공기를 마음껏 들이마시며 생제르맹가에 가서 맥주 한 컵을 마시곤 했다. 그 당시 늦은 시간이면 그 지역은 목가적인 정적에 파묻혀 잠들어 있었다. 그러나 술집 '립Lipp'만은 밤 손님을 위해 열려 있었다. 코포는 술집 입구 왼쪽에 자기만의 전용 탁자를 갖고 있었다.

거기에서 한없는 잡담이 시작되었는데, 잡담은 그 뒤에 밖에서도 밤늦게까지 이어지곤 했다. 비록 우리 나이가 서른을 넘기기는 했어도 우정의 마법은 매일 저녁 우리에게 청춘을 되돌려주었으며, 그런 가운데 둘만의 열정, 친밀한 속내 이야기는 우리의 정신을 무한정 깨어 있게 했다. 청춘기의 남녀처럼 우리는 헤어지는 것이 아쉬워 그 순간을 적당한 한계를 넘어서까지 지연시키곤 했다. 나는 그 당시 말제르브 광장 너머, 아주 먼 곳인 프랭탕 거리 1번지에 살고 있었다. 마지막 버스가 끊어진 지도 꽤 오래이고, 택시비는 비쌌던 탓에 먼 거리를 걸어야만 했다. 코포는 이미 시작된 이야기에 매혹되어 내 팔짱을 끼고 '멀지 않은 거리'까지 나와 동행하곤 했다. 우리의 동행은 때때로 육군부나 콩코르드 다리까지 이어졌다. 대개 나는 피곤한 것도 잊은 채 그를 라스파이가까지 다시 데려다주기도 했다. 그의 집 문 앞까지 가지 않을 때에는….

끝이 없던 그 대화는 무엇에 관한 것이었던가?

대체로 우리의 대화는 저녁 공연 때에 있었던 여러 가지 사소한 일, 연출이나 배우의 연기에서 유감스러웠던 이런저런 일 등에 관한 의견 교환으로 시작되었다. 그러면서 우리는 다음 공연 때에 개선할 점을 함께 모색했다. 아니면 코포는 자신이 준비하고 있는 새로운 작품에 관한 구상을 내게 설명해주었다. 그러면 우리는 의상이라든가 무대장치라든가 배역 따위를 똑같이 열성껏 논의했다. 아주 가까이에서 그의 생활이며 그의 생각, 그의 일을 같이 나누었으니, 공동기업체를 운영하는 데 있어 서로 믿고 의논하는 두 사람의 경영인이라고 해도 무방했을 것이다. 실상 그 문제에 관한 한 나는 완전히 문외한은 아니었다. 극작품과 그것의 연출에 언제나 관심을 두고 있었기 때문에 그럭저럭 코포의 질문에 응답은 할 수 있었다. 그리고 그가 두 가지 중에서 선택을 못 하고 주저하고 있을 때 내가 그의 결정에 영향을 끼치기에 이른 것이다.

그러나 대화는 곧 개인적인 주제로 접어들었다. 결례인 줄 알면서도 코포는 집요하게—그런데 솔직히 나는 그것이 매우 기뻤다. 그만큼 거기에는 애정이 담긴 배려가 있었기 때문이다—나에 대해, 자기와는 매우 판이한 나의 과거에 대해 물어왔다. 그러면 나는 내 경험이며 나에게 깊은 영향을 준 사람들과의 만남, 문청文青 시절의 열정, 소설에 대한 나의 견해, 나의 계획 등을 이야기했다.

나에 대한 그의 관심은 나 자신을 더 깊이 파헤쳐보는 계기를 마련해주었다. 그래서 나는 그 놀이에 솔직하게 참여했다. 사람들은 언제나 자신에게 전념하는 기쁨에 기꺼이 빠져들게 마련인데, 그런 것이 나에게는 무익한 도박이 아닐뿐더러 나 자신을 정확하게 파악하고 틀림없이 새로운 가능성을 얻을 수 있는 기회로 느껴졌던 것이다. 나는 또한 귀중한 시간을 번다는 느낌도 갖게 되었다. 반성할 기회가 찾아와서 차츰 자신을 깨우치고 성숙해지기를 기다린다는 것은 귀한 시간을 잃어버리는 것이나 다름없기 때문이다. 그리고 우리는 얼마나 완벽하게 늘 서로를 이해했던가! 우리는 정말 똑같은 언어로 말하고 있었다. 그의 어떤 것에도 나는 혐오감을 갖지 않았다. 이따금 그가 어떤 선입관이나 편견에 격렬한 반론을 제기하기도 했지만, 언제나 정확한 반론이었기에 나에게는 감탄스러울 정도로 무엇인가 깨우쳐주는 바가 있었다. 그리고 그런 경우 그는 다정한 미소와 섬세하게 마음을 쓰는 듯한 눈길을 곁들였다. 그래서 나는 어리석은 자존심을 꺾으면서까지 그의 주장이 옳다고 할 필요가 없었다.

오늘에 와서 그 당시 내가 얻은 행운을 헤아려보면, 이중의 의미에서 행운이 뒤따랐다고 할 수 있다. 하나는 내가 아직 감수성이 예민하고 사고의 발전은 물론 혁신도 가능한 시기에 그와 인간관계를 맺었다는 사실이다. 다른 하나는 비외콜롱비에의 첫 번째 공연 시기인 바로 그해에 코포의 생활에 합류했다는 것이다. 그 당시 코포는 숭고한 사명감으로 고양되어 몸과 마음을 온통 거기에 쏟고 있었으며, 필연적인 직업적 습벽에 아직 물들지 않은, 말하자면 자기 자신의 절정기에 올라 있었던 것이다.

그를 처음 만났을 때 친구 하나를 발견했다는 느낌이 들었는데, 그와의 접촉으로 내가 마음속에 느끼고 있던 재능을 키우고 또한 새로운 것도 얻을 수 있다는 사실을 알게 되기까지는 실은 좀 더 시간이 걸렸다.

그의 문학적 소양의 폭과 자질은 처음부터 내 마음을 깊이 감동시켰다. 나도 물론 책을 많이 읽었다. 아버지 뒤마부터 옥타브 푀이예에 이르기까지 손이 미치는 곳에 있는 것은 모두 가리지 않고, 빨리 그리고 서투르게, 제대로 소화도 시키지 못하면서 폭음 포식 하듯 탐독했다. 반면 코포는 선택할 줄 알았다. 발자크, 스탕달, 플로베르는 말할 것도 없고 영국, 러시아,

스칸디나비아의 위대한 소설가들도 알고 있었다. 알고 있는 것만이 아니라, 그들 예술의 비결을 이해하려고 노력했다. 또한 좋아하는 소설 하나하나의 제작법을 연구했으며, 각 작가의 기법상의 독특한 기교를 찾아내어 비교 연구도 했다. 그는 이처럼 소설 집필에 있어 모든 미묘한 문제에 정통해 있었다. 그리고 몇 가지 보편적인 법칙을 끌어냈다고 생각하고 있었으며, 확신에 찬 주장과 함께 그 문제를 재검토하곤 했다. 그 주장이 완전히 적합한 예를 근거로 하고 있었기에 그만큼 더 설득력이 있었다. 소설 집필의 이런 문제들은 언제나 나를 열광시켰다. 그래서 우리는 똑같은 열의를 갖고 그 문제에 관해 논쟁을 벌이곤 했다. 그러나 내가 우위를 차지하는 경우는 드물었다. 그의 능력의 명백한 우위라든가 폭넓은 독서, 정확한 기억력 앞에서, 마음속으로 이런 것들을 시인하고 싶지 않을 때조차도 번번이 나는 항복하는 수밖에 없었다. 솔직히 말해서 그런 경우는 빈번했다. 예를 들어, 그가 소설에서 대화 형식을 사용하는 것은 '원칙이 아닌 것'으로 취급할 때에도 그러했다. 그의 말에 따르면, 그는 '독자가 길을 잃거나, 아니면 읽은 것을 모두 잊어버리거나, 아니면 숲 한가운데로 들어가듯 **줄바꿈 없이** 압축되고 빽빽한 산문 속으로 빠져 들어가는…' 식의 밀도 있고 복잡한 장편소설만을 좋아했다. 『장 바루아』는 애초부터 마음에 들어 하지 않았다.* 이 방대한 분량의 소설에서 그는 작가의 노고 말고는 별로 높이 평가해주지 않았다…. "장르를 혼동하지 말게! 대화를 쓰고 싶으면 극작품을 쓰도록 해!"라고 그는 소리치곤 했다.

그런 점에서, 그리고 다른 많은 점에서 소설에 대한 우리 둘의 개념은 상충했다. 그렇다고 서로의 마음을 상하게 하는 일은 없었다. 그러나 사실 대개는 양립할 수 없었다.

따라서 뜻밖의 내실화가 그의 덕택이라고 해서 그 논쟁을 두고 하는 말은 아니다. 그의 우정이 뭐라 평가할 수 없을 만큼 무엇보다 유익했던 당사자는 소설가를 자처하는 심리 분석 견습생이었다. 그가 참되고도 중요한 영향을 미친 사람은 이 소설가이다. 그러나 그 영향은 간접적인 것이었다. 왜냐하면 이 연극인은 소설의 작자가 아니었기 때문이다. 그러나 실질적으로는 탁월한 영향력을 행사했다. 그의 경험에 비해 인간—당시에는 인간의 심성이라고 말했다—에 대한 나의 경험은 상대적으로 얼마나 초보적이었던가! 초상이며 성격 연구며 감정 분석 따위로 가득 찬 코포와의 대화가 어떻게 매일매일의 가르침이 아닐 수 있었겠는가?

간접적인 영향, 그것은 사실이다. 하지만 코포는 청년 시절에 콩도르세의 고등사범 준비 학급에서 수재로 알려졌다는 것, 그 뒤 『에르미타주Ermitage』와 같은 신흥 잡지의 공동 제작자로 일했으며, 앙드레 지드와 가까이 지내면서 그의 친구들에 의해 『N.R.F.』의 책임 편집자로 추대되기도 했는데 그의 유일한 야

* 코포의 전기를 쓰는 작가를 위해 다음의 특징을 덧붙인다. 그 시기에 그는, 오늘에 와서는 참으로 믿을 수 없는 일이지만, 신앙에 관한 토론에는 추호의 흥미도 보이지 않았을 뿐 아니라 그런 토론이 그의 앞에서는 금기처럼 되어 있었다. (『장 바루아』에 관한 그의 태도를 분명히 지적한 바 있지만) 어느 날 자크 리비에르가 내 앞에서 그에게 이런 말을 한 적이 있다. "자네만큼 종교 문제에 무관심한 사람은 정말 본 적이 없네! 자네에게는 그것이 어떠하리라는 것에 대한 개념조차 없어 보여!" 코포는 웃으며 시인했다. "불행하게도 그게 사실이군! 그래서 내가 자만하는 거야!"—원주

심이라기보다 최초의 야심은 소설을 쓰는 데에 있었다는 사실을 잊지 말아야 한다. 즉 연극 쪽으로 이끌리는 억제할 수 없는 그의 사명감이 소설가로서의 사명감에 접목된 것이다. 그를 알게 된 시기인 비외콜롱비에 창립 초기, 그는 초기의 야심을 단념할 생각이 전혀 없었다. 서랍 안에는 초벌 상태의 원고와 서류가 잔뜩 들어 있었는데, 이따금 생각날 때면 나에게 단장斷章을 읽어주면서 언젠가는 다시 손을 보아 완성하겠다는 결의를 피력했다. 나는 이 위대한 연출가 역시 어떤 면에서는 도가 지나칠 정도로 우유부단한 사람이었다는 사실을 잘 알고 있다. 그렇지만 그가 소설가로서의 삶을 이어가고 싶은 그 희망을 생애 마지막까지 향수鄕愁처럼 애석하게 여겼다는 것을 입증할 만한 충분한 근거를 나는 갖고 있다. 그 증거로 1941년 여름, 에비앙에서 그가 감격에 겨워 자신의 포부를 나에게 이야기한 적이 있다. 청년 시절의 어떤 연애 사건에 관한 것이었는데, 한 시간 가까이 감정을 토로하고 나서 이렇게 말하는 것이었다. “훗날 이걸 꼭 쓰겠어. 조용한 환경에서, 페르낭에게…. 쓸 게 산더미 같아!… 단 한 권으로. 하지만 어마어마한 규모일 거야. 나의 모든 추억이 담길 테니까…. **나의 일생**이야!… 로제, 두고 봐. 정말 멋진 작품일 테니까!”

그렇다, ‘정말 멋진 작품’이었을 것이다…. 타고난 관찰자이자 환혹幻惑적인 달변가인 코포의 이야기를 들으면서, 그리고 그의 재능, 보충적인 이중의 재능이 가까이에서 작용하는 것을 보면서 그토록 흐뭇해하던 내가 어떻게 그것을 의심하겠는가?

인물에 대해 여러 가지를 상기하는 그의 다양한 능력은 상상을 초월했다. 때로 문학을 이야기할 때면 소설의 주인공이나

라신이나 마리보, 도스토옙스키나 입센 등의 등장인물들의 얽힌 사연을 분석하기도 했고, 또 때로는 저녁 공연 때에 있었던 어떤 방문을 상기하면서 서로의 친구이자 『N.R.F.』의 협력자인 어떤 인물에 관해 이야기하다가 돌연 신랄한 표현법으로 당사자의 진짜 성격을 나에게 말해주곤 했다.(신랄한 편이었다. 비록 늘 정확성과 객관성을 크게 걱정하기는 했지만.) 그러나 대개의 경우 자기 자신의 무한한 추억의 샘으로부터 끌어냈다. 그리고 자신이 '수집'한 이런저런 인물을 나를 위해 되살려내면서 즐거워했다. 그는 나의 팔짱을 끼고 걸음을 늦추면서 이렇게 말했다. "어제는 자네에게 폴린에 관해 이야기를 해주었지…. 이번에는 그 아버지에 관한 이야기를 해야겠어…. 그녀의 아버지인지 애인인지 정확히는 모르겠지만…. 괴짜야! 생각 좀 해봐, 여보게…." 등. 나는 이 인간 심리 애호가가 각 개인을 움직이는 원동력, 그리고 한 인간의 장점과 단점을 중심으로, 그 인간을 하나의 특이한 견본으로 만드는 정점定點 따위를 언제나 명확하게 지적할 줄 아는 정확한 본능을 지니고 있는 것에 감탄해 마지않았다.

그런 놀이에서 기억력과 상상력은 어떤 역할을 한 것일까? 그런 것은 별로 중요하지 않다. 틀림없이 소설가는 회상록 작가와 협력했을 것이다. 그리고 그 결과는 더없이 흥미로울 따름이었다. 그가 자신의 과거로부터 끌어내는 이야기는 모두가 훌륭할 뿐 아니라, 생명력이 충만한 소설로 구성되어 있었다. 얼마나 그는 효과를 극대화할 줄 알고, 예측하지 못한 일을 교묘히 이용해 최후까지 흥미를 이끌어낼 줄 알았던가!

나는 황홀하여 그의 말에 귀를 기울였다. 얼마나 구변이 좋앉던가! 그토록 명민함과 열변이 깃들어 있었으니! 어떤 인물을 묘사하는 재주는 경이에 가까워 보였다. 그는 이야기하는 사람을 위해 몸짓과 목소리, 표정 등 희극배우가 동원하는 온갖 신체적 수단을 이용했다. 그런데 직업적인 풍자화가의 신랄함이 엿보이기는 했어도 실루엣을 간결하게 묘사하는 것만으로는 만족하지 않았다. 그의 예술은 인물들이 인간적인 풍부함을 마음껏 누리면서 생명을 이어가는 데에 있었다. 그는 섬세한 뉘앙스의 선택과 인상파 화가의 기교를 연상케 하는 붓의 반복적인 덧칠 방법을 통해 거기에 도달했던 것이다. 더 적절한 표현을 빌리자면, 그의 예술은 메러디스나 헨리 제임스와 같은 작가의 재능을 연상케 했던 것이다.

어떤 성격의 깊은 곳에 도달하는 데 있어 그는 임상의臨牀醫의 시각을 갖고 있었다. 나는 그가 부러웠다. 그의 곁에 있으면 나는 수련 중이어서 충분한 임상 경험이 없는 데다 진단하는 경우 결정적으로 결함이 생기는 신참 의사에 불과하다는 느낌이 들었다. 코포의 파란만장한 생애는 인간 유형의 놀라운 견본집을 그의 앞에 차례차례로 진열해 보이는 듯했다. 나의 경우, 다른 사람들을 이해하기 위해서는 불확실한 나 자신의 직관에 의존하는 수밖에 없었다. 훗날 나의 책 몇몇 페이지에서 관찰의 몇 가지 특징을 보일 수 있었던 것도 그 일부는 코포 덕분이었다. 톨스토이 이후, 톨스토이와 마찬가지로 코포는 나에게 더 잘 바라보는 법, 즉 인간의 외관으로부터 숨겨진 본성을 끌어내는 법을 가르쳐주었다. 코포가 내 앞에서 그렇게도 자주 명의名醫의 솜씨를 발휘한 진정한 생체 해부, 나의 작품이 그의 그런 심리 분석 실험의 혜택을 얼마나 입었는지는 나만이 알고 있다.

앞에서 우연히 그의 열변에 관해 이야기한 바 있다. 비외콜롱비에 설립 초창기에 그를 가까이에서 본 사람들은 이 말에 놀라지 않을 것이다. 그것은 재치 있는 사람, 파리 사람, 젊은 예술가의 열변일 뿐 아니라, **행복한** 사람, 인생 최초 비약의 시기에 진정으로 내적 환희의 영원한 열정 속에서 삶을 살아가는 한 인간의 열변인 것이다. 행복하지만, 그러나 날마다 책임감과 걱정거리에 짓눌려 곤경에서 헤어나지 못하는 처지였다! 단 한순간도 마음속으로 자기 자신을 의심해보지 않았으며, 자기 사명의 위대함이라든가, 온 힘을 다 쏟은 훌륭한 투쟁의 최후의 승리를 의심하지 않았다는 사실에 그의 지고의 행복감이 있었다고 나는 생각한다. 그는 자신이 최고 수준의 **지도자**라는 것을 의식하고 있었다. 그리하여 매일같이 새롭게 실효를 거두는 이러한 명성 덕분에 그는 창조자들이 잘 알고 있는 일종의 내면의 환희를 끊임없이 유지했던 것이다. 덧붙이건대 이런 환희는 그의 주위 사람들에게도 전염되었다. 나의 경우 이처럼 유익한 전염에는 지극히 민감할 수밖에 없었다. 1914년의 겨울은 잊고 싶어도 잊을 수 없는 것이, 기분이 불안하다거나 우울하다는 느낌을 그때처럼 덜 가져본 적도 없으며, 그때처럼 나 자신과 미래에 대해 자연스러운 믿음을 가져본 적도 없었다. 그리고 바로 그 시기에 코포의 주위에 자연발생적으로 형성된 고무적인 분위기 안에서 나는 매일 저녁 순화되고 활기를 얻으면서 나 자신을 교화시킬 수 있었다.

우정은 힘을 북돋우는 효력을 발휘한다. 그런데 그 우정이 동기가 있으면서 끊임없이 확장되어가는 감탄의 대상이 되어 정당하게 유지될 때 더욱더 힘을 발휘한다. 우리의 경우가 그러했다. 코포는 나에게는 말할 것도 없고, 다른 모든 사람에게도 대담한 개혁자였다. 그의 끈기와 고매한 예술적 결벽으로 인해 세련된 사람들은 물론 파리의 천박한 한량 패거리들도 역설적으로 센강 좌안의 초라한 극장으로 모여들었다. 나는 미래의 소설가인 그를 그 정도로, 아니 그 이상으로 생각하고 있었다. 그리고 그 소설가를 일찍이 가장 위대한 작가들 중의 한 사람으로 여기기를 주저하지 않았다. 그의 천재성을 의심하지 않을 만한 충분한 이유도 있었던 것으로 안다. 지금도 그 생각에는 변함이 없다. 비록 젊은 기분의 착각이나 흥분을 계산에 넣더라도, 어떤 마법의 힘이 작용하여 그가 매일매일 즉흥적으로 만들어내는 것을 재빨리 포착하고, 그의 한없는 독백과 풍요로운 추억, 그리고 그가 인간에 대해 갖고 있는 천부적인 호기심(아마도 옆에서 열심히 주의 깊게 귀 기울이는 것)을 영속적인 방법으로 정착시킬 수 있었다면, 우리가 오늘날 우리의 문학에서 어느 작품과도 비교할 수 없을 만큼 눈부신 작품 하나를 소유했으리라는 것을 믿어 의심치 않는다.

솔직히 말해서 이따금 문득 불안한 생각이 들어 이렇게 자문해보기도 했다. '그가 그렇게도 흔쾌히 말하는 그 소설을 과연 쓰게 될까? 소재는 나무랄 데 없다. 그러나 시간을 낼 수 있을지, 그리고 인내심을 발휘할 수 있을지, 게다가 백지 원고를 앞에 두고 용해 중인 문학작품을 틀에 붓기 위해 필요한 노력을 할 수 있을지?' 그러면서 나는 또 이렇게 자문하곤 했다. '어쩌면 나만이 그의 작품을 대하는 특권을 누리는 것이 아닐까? 그 노래를 듣는 것이 내가 유일한 사람이 아닐까?' 그러다가 이런

저속한 의구심을 잠시나마 품었던 나 자신을 부끄럽게 여기면서 이런 생각을 떨쳐버리곤 했다.

나는 이 자리에서 통한의 심정을 금할 길이 없다. 누구보다도 내가 먼저 알게 될 것으로 믿었던 그 작품, 그것이 사람들에게서 영원히 자취를 감추었다는 사실을 이제는 알고 있기 때문이다…. 천재는 분명히 있었으며, 그의 목소리를 나는 잊지 않았다. 그 천재는 샘으로부터 솟고 있었다. 그런데 별것 아닌 것 때문에, 약간의 노동, 약간의 숙고와 인내가 부족한 탓에, 요컨대 수많은 평범한 사람들도 갖춘 약간의 장인적 정신이 부족한 탓에, 언젠가는 나에게 그 모습을 드러내리라고 믿었던 그 보물이 허무의 늪에서 구원받지 못한 것이다.

나의 『일기』

나의 **일기**에 관한 한마디.

내가 일기를 쓰기 시작한 것은 전쟁에서 돌아온 해인 1919년부터이다.

4년 동안 기름때와 진흙으로 더러워진 작은 비망록을 뒤적거리다가 일기를 써야겠다는 생각이 들었다. 수첩에는 부대의 이동 경로를 간략하게 기록했다. 날짜, 마을 이름, 작전 지역의 우편번호 따위를. 자동차 수송대가 이프르에서 베르됭에 이르기까지, 그리고 휴전 후에는 라인강의 기슭까지 전선을 따라 쉬지 않고 왕래했던 행정行程의 간략한 기록이었다…. 나에게는 중요한 일이었는데, 나도 모르게 까맣게 잊을 뻔했던 것들이 엄청났다는 것에 놀라지 않을 수 없었다. 내가 목격했거나 직접 겪었던 수많은 사건들, 반은 기억에서 사라졌지만 두세 마디만 하면 즉시 되살릴 수 있는 것들…. 앞으로는 나 자신만을 위해 한 권의 항해일지를 마련하여 오직 건망증에 대비해 사생활에서 보존하고 싶은 여러 가지 발자취를 쓰기로 결심했다.

그렇게 해서 1919년부터 1949년까지 30년 동안 내가 쓴 것은 정확히 말해 일종의 '비망록'이었다. 그렇다고 매일 저녁 일기를 써야겠다는 집념 때문에 속박당하는 경우는 결코 없었다. 개인적인 사건, 감동스러웠던 일, 걱정거리, 어떤 사람과의 만남, 어떤 친구와의 토론, 누군가에게 들은 속내 이야기, 일하던 중에 돌발적으로 일어난 어려움 따위를 '즉석에서' 적은 경우가 빈번했다. 그러나 원칙적으로는 생각나는 대로, 형식에 전혀 구애받지 않고, 쓴 것을 다시 읽어본다는 생각 없이, 날짜에 다소 간격을 둔 채, '상황을 분석하는 것'으로 만족하곤 했다.

그것은 내 인생행로의 가장자리를 따라 자연스럽게 세워놓은 이정표에 불과했다.

연대演臺 희극

전쟁이 발발한 첫해 자크 코포는 동원 해제되어 제대 조치되었다. 그는 비외콜롱비에 초창기부터 정식 멤버 중의 한 사람이었던 필리프 베르틀로의 권유로 '해외 선전부'를 통해 문화사절로 미국에 가게 되었다. 그 뒤에 그는 곧 협력자들과 함께 뉴욕의 개릭 시어터Garrick Theater에 프랑스 극장을 설립하여 경영을 맡게 되었다. 이러한 일 때문에 그는 1919년 7월까지 프랑스에서 멀리 떨어져 있을 수밖에 없었다.

나는 그의 귀국을 초조하게 기다렸다. 상황이 허락하는 한, 전쟁 중에도 우리의 서신 왕래는 줄곧 계속되었다. 그리고 장래의 꿈과, 당시 나의 뇌리에서 떠나지 않던 극작품의 계획도 그에게 알렸다.

그 계획은 1914년 겨울로 거슬러 올라간다. 다시 말해 코포와의 빈번한 대담과, 비외콜롱비에를 매일 드나들면서 종종 머리에 떠올렸던 생각에서 비롯된 것이다. 나는 군에 동원된 이래 그것을 마치 마음의 지주支柱처럼 품고 다녔다. 휴양의 숙영지에서도 잠들기 전에 고향을 그리워하듯 나는 그 생각에 빠져들곤 했다.

솔직히 말해 나는 현대판 익살극을 쓰려 했다기보다는 새로운 창조물인 신판 '코메디아 델라르테'*의 등장인물들을 생각하고 있었다.(편지에서 나는 '연대 희극'이라고 불렀다. 코포의 〈협잡꾼 스카팽Fourberies de Scapin〉**에 매혹된 나는 소도구도 거의 없고, 무대장치도 전혀 없이 나의 즉흥적 익살극을 연대에 올릴 생각이었던 것이다.) 이 대중극을 위해 나는 이미 극단과 한 무리의 꼭두각시, 즉 익살스러우면서 전형적으로 생각되는 여러 종류의 등장인물을 구상해놓은 터였다. 뚱뚱하고 부유한 부르주아 부부가 있다. 퓌네Punais 씨는 화를 잘 내는 뇌졸중 환자로, 교활하고 달변가인 데다 의무와 명예에 대해 말이 많고 존경을 갈망한다. 그리고 그의 아내인 뚱뚱한 퓌네 부인은 자신만만하고 위엄 있으며 쌀쌀한 편으로 지난날의 미모의 흔적

* 16-17세기 이탈리아에서 성행한 희극.

** 몰리에르의 희극.

과 함께 밑단 달린 드레스에 작은 양산과 손안경을 들고 있다. 마의馬衣를 걸치고 종종걸음 치는 발바리를 거느리고 있다…. 다음으로 젊고 명랑하며 때때로 파렴치하기도 한 매력적인 하인 부부가 있다. 프릭Fric은 주역으로서, 삐죽한 코와 예리한 눈을 갖고 있으며 영원한 정의의 기사 역이다. 민첩하고 능수능란한 데다가 말은 솔직하고, 판단은 분별 있고 단호하다. 어떤 음모를 좌절시키고자 할 때에는 한 치의 양보도 없다. 그의 아내 미에트Miette는 목소리가 달콤한, 산전수전 다 겪은 여자이며, 불량하기 짝이 없고, 유연한 몸매에 다정다감한 마음씨와 창의력 풍부한 기지를 지니고 있다…. 대규모 갱단의 일원이자 투기 전문가인 말랑드랭Malandrin 씨는 눈꺼풀이 반쯤 감긴 말없는 사람으로, 주름 잡힌 옷자락을 펴는 데 늘 정신이 팔려 있고 노심초사하며 호기를 노리는 거미 같다. 그의 배후에는 그림자처럼 따라다니는 교활한 친구 팔랑팽Falempin이 있다. 그는 무엇이든지 거들 채비가 되어 있는 하수인이며 거리의 허풍쟁이로, 재치 있는 은어를 쓰면서 수상쩍은 일에는 누구보다도 전문가이다… 또한 늘 없어서는 안 되는 사업가로, 언제나 검은 옷을 걸친, 늙고 우둔하고 부패한 변호사 베네누아Benênoist 씨가 있다. 교활하고 불운한 악당으로 매번 비겁한 짓을 성공적으로 해낼 것 같으면서도 언제나 뜻하지 않은 실패로 몽둥이질을 당한다…. 물론 완전하게 만들어낸다면 멋진 세계일 터이다. 그러나 그 상태로도 내게 즐거운 시간을 보내게 해주었다….

내 생각에 이런 유형들을 구체화하기 위해 선택한 배우는 (배우인 동시에 무언극 배우, 무용가, 곡예사, 가수이기도 하다.)

전문적으로 그들의 역할에 밀착되어 있어야만 했다. 다시 말해 그 역할의 유일한 보유자로서, 절대로 다른 역할에 출연해서는 안 되었다. 살아 있는 이들 꼭두각시 개개인의 지배적인 성격의 특징은 그들의 외모와 마찬가지로—나는 그들의 분장을 세심하게 묘사하고 표현했다.—**변함이 없어야만** 했다. 나는 그들이 무대에 뛰어오르는 즉시 각자가 식별되었으면 했다. 분명 그들이 풀치넬라,* 아를레키노,** 돈키호테, 프뤼돔***처럼 즉시 대중적이 되리라는 것을 의심치 않았다. 그리하여 나는 벌써부터 코포의 협력을 얻어 비외콜롱비에에서 공연할 일련의 단편 풍자 희극을 만들어 당시 사람들의 악습과 당대의 풍속을 조화롭고도 경쾌하게 공격하는 모습을 눈앞에 그리고 있었던 것이다.

그러나 코포가 돌아왔을 때 나는 환상의 실현을 적절한 시기로 미룰 수밖에 없었다. 나의 '연대 희극'은 재회 직후 흥미 있는 화젯거리가 되기는 했어도, 덜 공상적인 관심사에 자리를 양보할 수밖에 없었다….

더 긴급한 다른 여러 가지 일이 불가피하게 대두되었다. 코포는 파리에 다시 정착하는 데 도움이 필요했다. 그는 장 슐룸베르제와 내 아내, 그리고 나에게 의지할 수 있다는 사실을 알고 있었다. 우리는 그의 요청에 최선을 다해 협력했다. 몇 년 동안 방치한 비외콜롱비에를 원상 복구해야만 했다. 친구들과 출

* 이탈리아의 소극(笑劇) 또는 인형극의 등장인물인 어릿광대.

** 울긋불긋한 옷을 입은 익살 광대.

*** 앙리 모니에(Henri Monnier, 1799–1877)가 창작한 인물. 점잔 빼고 어리석은 말을 지껄이며 자기만족하는 편협한 소시민.

자인들의 모임을 결성하여 파리 사람들로부터 멀어진 관심을 다시 불러일으키기 위해 선전문과 강연회를 준비해야 했다. 무엇보다도—별로 즐거운 일은 아니었지만—극장의 복원과 비용이 많이 드는 고정 무대의 설치에 필요한 자금을 모으기 위해 사방으로 뛰어다녀야만 했다. 시멘트로 만든 이 고정 무대는 무대장치를 없애도 무방하게 만들었다.(이 대담한 장치는 코포와 주베가 뉴욕의 극장에서 체험한 바를 통해 생각해낸 것이다.) 또한 새로운 배우를 모집해야 했고, 극장 홀에다 의상 제작 아틀리에를 마련해야 했는데, 그것의 책임과 운영은 내 아내가 맡도록 되어 있었다.

1920년 2월에 비외콜롱비에는 셰익스피어의 「겨울 이야기 The Winter's Tale」를 비교적 성공적으로 공연하면서 당당하게 다시 문을 열었다. 그러나 공연은 무관심한 파리 사람들, 전쟁으로 인해 아직 균형을 잃은 데다 일상생활의 재기에 온통 정신이 팔려 있는 대중에게, 그 엄청난 노력에 걸맞은 환대를 받지 못했다.

그리하여 1919년과 1920년 사이의 몇 달은 다시금 코포와 친밀하게, 매일 협력하면서 지냈다. 과장벽이 있고, 잘 흥분하면서도 동시에 내성적인 코포, 인간에게 깊은 환멸을 느끼면서 무언가 알 수 없는 정신착란에 남몰래 시달려온, 팔다리를 잃은 것이나 다름없는 코포. 미국에 오랫동안 체류하면서 겪은 정신적인 시련—다소 가상적인 시련일지는 몰라도 어쨌든 그의 감수성이 영원히 상처받았던 것이 틀림없다—으로 인해 그는 기력이나 자신감은 말할 것도 없고, 자존심마저도 치명적으로 타격을 입었던 것이다. 겉보기와는 달리, 1914년의 마술사가 그 최상의 주문呪文을 잃어버린 것이다. 그의 지도자로서의 희열을….

그해 반년 동안 나는 점진적으로 연극에서 눈을 돌리기 시작했는데, 개인적인 이유야 어쨌든 그것은 별로 문제가 되지 않는다. 전화위복이라고나 할까. 되찾은 자유의 첫 충동은 나를 본래의 사명인 소설 쪽으로 투신하게 했다. 나는 『티보가 사람들』에 전념하게 되었다.

『티보가 사람들』의 계획

1920년 봄, 나는 여러 주 동안 확고한 목적을 갖고 베르제 도지*에 틀어박혔다. 『티보가 사람들』의 상세하고 정확한 계획을 세우기 위해서였다.

비외콜롱비에의 재개관 뒤, 잠시 휴가를 보내던 중 1월에 느닷없이 두 형제의 이야기를 써야겠다는 생각에 마음이 끌렸던 것이다. 가능하면 기질 면에서 아주 판이할 뿐 아니라 서로 대립하는 두 인물, 그러나 근본적으로는 대단히 강한 공통적인 유전에 의해 여러모로 닮은 데가 있는 형제. 이런 주제는 유익한 인격의 2분할의 기회를 나에게 제공해주었다. 말하자면 이 주제를 통해 내 성격의 모순되는 두 가지 경향을 동시에 표현할 가능성을 본 것이다. 하나는 자주성, 도피, 반항, 모든 인습에 대한 거부 본능이고, 다른 하나는 질서, 절도, 극단적인 것에

* 베리(Berry) 지방의 상세르그 근처에 있는 작은 마을.

대한 거부 본능인데, 이 두 가지는 나의 유전적 특성에 기인한 것이다.

나는 노트를 모으고 계획을 심사숙고하면서 겨울을 보냈다. 앙드레 지드에게 계획을 개략적으로 설명하자 그가 이렇게 외쳤다. "이제 완전히 제 길로 들어섰군! 주저하지 말게나! 과감히 밀고 나가게!" 그 결정적인 5월, 『티보가 사람들』이 태어나던 1920년 5월, 지금도 눈에 선한 것은 모든 것으로부터 격리된 채 노트 묶음과 함께 고독하게, 바로 내가 만들어낸 생기 있는 등장인물이 자리 잡고 있는 새로운 세계와 함께 고독하게, 베리 지방의 은거지에 머물러 있던 나의 모습이다. 자신들이 만든 파노라마 안에서 자신들의 모형 군대를 과시하면서, 그리고 며칠 동안이고 각 부대를 치밀하게 이동시키면서, 전혀 예측할 수 없는 대규모 전투를 준비하고 지휘하는 장난감 병정 수집가들과 나는 분명히 다를 바가 없었다…. 노트를 면밀히 검토하여 최종적인 순서에 따라 분류할 필요가 있었다. 그렇게 하기 위해 집 안의 탁자란 탁자는 모두 큰 방으로 갖다놓았다. 머릿속에서는 『티보가 사람들』의 이야기가 무려 40년이라는 세월을 차지하면서 연대기적으로 12-13개의 명확한 시기로 구분되었다. 각각의 탁자는 그 전체 시기의 어느 하나를 나타냈다. 아침부터 저녁까지 방에 갇혀 있으면서 칸막이 한가운데에 우뚝 서 있는가 하면, 손에는 연필과 비망록과 몇 장의 노트를 들고 이 탁자에서 저 탁자로 옮겨 다녔다. 그러다가 머뭇거리면서 생각을 바꾸어 열 번이나 제자리로 되돌아왔다가, 마침내는 손가락 사이에 들고 있던 비망록을 적합한 상자에 넣었다. 탁자에는 조금씩 노트가 쌓이고 서류가 만들어졌다…. 작품은 한 줄도 쓰지 않았는데, 이미 작품 전체가 내 눈앞에 있었다. 내 앞에 자크, 앙투안, 티보 씨, 퐁타냉 부인, 제니, 다니엘의 삶이 있었다. 그리고 라셸, 샬르 씨, 베카르 신부 등의 생활이 상세하지는 않지만 그래도 명료한 양상을 띠었다. 그 인물들 모두가 독특한 얼굴 모습과 그들 개성의 주요한 특징을 띠고 시작부터 등장했다! 그 뒤 서류에 주된 장면의 초안이 대충 잡히면서—가출한 아이들의 귀가, 앙투안의 소년원 방문, 어린 소녀를 수술하는 앙투안, 라셸의 출발, 티보 씨의 임종 등—전체적으로 보아 아주 자연스럽게 각자의 자리가 잡혔다….

나는 잘 정리된 열두 개 정도의 노트 묶음과 함께, 그때까지 전혀 느껴본 적 없는 안도감을 느끼면서 파리로 돌아왔다. 말하자면 길잡이를 옆에 데리고 있는 것이나 다름없었다. 이제 남은 것은 작업에 들어가는 일뿐이었다.

클레르몽Clermont*

알을 부화하기 위해 암탉에겐 한적하고 조용한 구석이 필요하다. 나도 『티보가 사람들』의 부화를 위해 어떻게 해서든지 파리 생활에서 벗어날 필요가 있었다. 그런데 내 아내와 딸은 파리에 있을 수밖에 없었다. 아내는 무대의상 일을 그만둘 수 없었고, 딸은 학교에 다녀야만 했기 때문이다. 그렇다고 혼자 베리 지방에 가서 겨울을 보낸다는 것은 엄두가 나지 않았다. 게다가 내 부모는 그 시골집을 처분할 생각이었는데, 얼마 안

* 파리에서 북쪽으로 약 57킬로미터 떨어진 작은 도시.

가서 결국 그 집이 팔리고 말았다.

이번에도 행운의 별이 나를 어려운 처지에서 구해주었다. 1920년 6월의 어느 날, 우아즈Oise 지방의 클레르몽 시청 앞 광장을 거닐다가 호화스러운 정면의 건물을 양편에 끼고 있는, 두 개의 창이 있는 3층 집 건물이 내 주의를 끈 것이다. 덧문이 닫혀 있는 것으로 보아 비어 있는 집이 분명했다. 빗물에 색이 엷게 바랜 종이쪽지가 문에 붙어 있었다. "팔 집. 가격: 8,000프랑." 매각을 위임받은 공증인의 사무소는 길 건너편에 있었다. 한 시간도 채 안 되어 나는 그 집 소유주가 되어 열쇠를 주머니에 넣고 공증인의 사무소에서 나왔다. 알을 품은 암탉이 둥지를 발견한 것이다.

(기묘한 우연의 연속…. 그날 클레르몽에는 무슨 일로 갔던가? 단순히 회고적인 방문에 불과했다. 거기에서 은거지를 찾을 생각은 추호도 없었다. 내 어린 시절의 추억을 되살려보려는 것 이외에 다른 뜻은 없었다. 맹인이었던 내 증조모가 당시 클레르몽에서 살고 있었다. 그래서 매년 방학 때가 되면 여러 차례 증조모의 집에 가곤 했다. 나는 도시 위쪽의 교회에 인접한 증조모의 고옥古屋을 좋아했다. 가구며 물건, 후미진 곳, 냄새, 소음, 그 모두를 나는 생생하게 기억하고 있었다. 일요일 대미사 시간마다 규칙적인 리듬으로 울려 퍼지던 종소리가 아직도 귀에 들리는 듯했다. 종소리가 울릴 때면 높은 종탑에서 좁은 안뜰로 수직으로 떨어지는 귀를 찢는 듯한 진동이 집 안의 모든 창문을 통해 물밀듯이 밀려 들어와 벽에 걸린 그림들이 덜컥거리는 듯했으며, 선반 위의 유리 제품들이 부딪쳐서 흔들거릴 정도였다…. 어린 시절의 그 인상이 어찌나 강렬했던

지 나는 몇 년 간격으로 두 번씩이나 그때를 회상하고 싶은 유혹에 빠졌다. 첫 번째는 뷔라담Buis-la-Dame이라는 '클레르몽과 매우 유사한' 작은 도시에서 시골에 살던 장 바루아의 어린 시절을 묘사할 때였다. 두 번째는 전쟁이 끝날 무렵, 휴전 후의 일이었다. 나는 점령지인 라인란트(보름스Worms 근처 모르차임Morcheim)의 눈 속에서 제대를 기다리고 있었다. 강요된 반半휴가를 유익하게 쓰기 위해 회상록을 쓰기 시작했다. 두 개의 장章을 썼는데, 1장은 전체가 클레르몽과 관련된 것이었다.*

몇 년 동안 그처럼 파리에서 한 시간도 채 안 되는 곳에 비할 데 없는 은신처를 갖고 있었다. 나는 정확하게 월요일 아침에 그곳에 도착하여 금요일 저녁이나 토요일 아침이면 다시 파리로 출발하곤 했다. 퇴직한 두 노처녀를 1층에 묵게 하면서 내 식사를 준비하게 했다. 덕분에 나는 밖으로 나갈 필요가 없었다. 그렇게 해서 매주 닷새를 꼬박, 고독 속에서, 유폐된 수도승처럼 명상하며 일에 파묻힐 수 있었다. 그리고 이틀은 파리에서 가족과 친지들과 함께 휴식 시간을 갖곤 했다. 작가로서의 내 생활이 그때보다 더 잘 설계된 적이 없었으며, 그렇게까지 시간을 아껴본 적도 없었다. 그리고 클레르몽의 내 초라한 집에

* 그런데 그 후에 뜻하지 않은 사건이 발생했다. 1926년경, 경솔하게도 한 젊은 벨기에 출판업자와 계약을 맺고 중편소설 하나를 써주기로 한 일이 있었다. 그는 '알라딘의 램프'라는 출판사 이름으로 한정판의 짧은 읽을거리 총서를 내고 있었다. 그런데 그만 그 계약을 까맣게 잊었다가 나는 소송을 당할 처지에 놓였다. 그래서 클레르몽에 관해 쓴 것 중에서 일부를 소설 형식으로 약간 손질하여 '누아즈몽레비에르주(Noizemont-les-Vierges)'라는 제목을 붙여서 넘겨주는 방법밖에 별도리가 없었다. 그 소책자는 1928년에 리에주 출판사에서 출판되었다.—원주

서만큼 규칙적이고 효과적으로 일을 해본 적도 없었다! 그 은신처 덕분에 나는 4년도 채 안 되어 『티보가 사람들』의 첫 네 권을 완성하여 출판할 수 있었을 뿐 아니라, 내용이 풍부한 책들을 서두르지 않고 끝까지 탐독할 수 있었다. 그 책들이란 보통은 장기간을 요하는 병의 회복기 초기에나 시도해볼 만한 것들로, 나는 생시몽의 『회상록』이나 레츠의 『회상록』, 생트뵈브의 『월요논총』과 『포르루아얄』, 클라리스 아를로브, 미슐레, 루소, 몽테뉴, 디드로의 거의 모든 작품들을 탐독했다.

그것이 전부가 아니다. 은신처 덕분에 아주 예외적인 몇몇 우정의 순간도 있었다.(실은 필요에 따라 귀한 손님과 내 은신처를 같이 쓸 수 있도록 3층의 방을 거의 가구 없이 꾸며놓았다.) 사흘에 걸친 이런 식의 친교는 파리의 혼잡한 장터 한복판에서 만나는 것—비록 빈번히 왕래했다 할지라도—보다 두 사람의 우정을 더욱 돈독하게 해주는 것이다…. 이런 경험이 여러 번 있었다. 나에게는 매우 중요한 대담으로, 클레르몽의 그 누추한 집이 배경이 되었던 경우가 수차례 있었다. 당시의 내 일기를 보면 그때의 이야기가 수없이 나온다.

1920년 12월, 바로 그 집에서 앙드레 지드는 내가 「회색 노트」를 낭독하는 것을 듣고 난 뒤 격려와 충고를 아끼지 않으면서 무언가 잊을 수 없는 감동과 허심탄회한 심정으로 자신의 유년 시절부터 그의 생활을 급변시킨 아주 최근의 사건에 이르기까지 자신의 생애에 관해 긴 속내 이야기를 나에게 털어놓았다.

1920년 같은 해 가을, 당시 휴가차 귀국했던 마르셀 드 코페는 클레르몽에서 나에게 다음과 같이 일러주었다. "자네의 「회색 노트」는 훌륭해. 하지만 나는 그 이상의 것을 기대하고 있어. 자네를 잘 아는 사람들이 볼 때 자네에게는 자네만의 그 무엇이 있단 말이야. 그런데 그 무엇이라는 게 꼬집어서 단정하기가 어려워. 하지만 엄연히 존재하고 있지. 친구들 모두가 그 점에 관해서는 의견이 일치하고 있어. 그 재치, 그 어조, 특유의 그 풍미風味, 사고와 표현의 독자성, 요컨대 자네만이 갖고 있는 그 무엇은 자네의 대화나 편지에서 알 수 있지. 그러나 작품에서는 찾아볼 수가 없단 말이야. 소설가로서 펜을 잡자마자, 어쩌면 제작상의 노력이라든가 기법상의 세련미, 정확성과 품위를 지나치게 고려한 나머지 가장 중요한 몇 가지 재능을 질식시키는 것 같아. 그뿐 아니라 자네의 글을 진부하게 만드는 것 같아. 「회색 노트」와 같은 작품을 대했을 때 나는 잘 쓰인 작품이긴 하지만 자네가 아닌 다른 사람이라도 지성이나 관찰력, 어느 정도의 인생 체험, 자연스러운 문체, 기량, 일하는 데 있어서의 열의 등을 조금이라도 갖춘다면 이런 책쯤은 충분히 쓸 수 있었으리라고 생각하게 된다네. 이렇게 기본적인 독창성과 번득임이 결여된 것이 몹시 애석했다네. 그런 결여는 자네에게 실제로 개성이 부족해서가 아니라, 자연적인 솟구침에 자신을 맡기는 것에 일종의 거부감을 느끼는 데서 온다는 것을 나는 알고 있어."(이런 비평은 나를 몹시 혼란스럽게 만들었다. 그 때문에 내 마음이 항상 번민에 싸여 있었다는 것을 솔직히 밝혀두고자 한다.)

1921년 2월, 이틀 동안의 낭독을 끈기 있게 듣고 난 가스통 갈리마르는 절친한 친구 사이에서나 가능한 충고를 스스럼없이 했다. "자네는 무엇 때문에 문체를 그토록 손질하나? 혹시 『N.R.F.』의 몇몇 친구들에게 영향을 받은 것은 아닌지 모르겠군. 그들 '예술'의 세련미에 충격을 받은 모양인데, 그렇다면 자네 생각이 순진했던 거야. 그들의 재능은 노력의 대가로 얻을 수 있었던 거야.* 그래봤자 소용없어. **자네가 문장가는 아니지 않나**. 자네의 재질은 다른 데에 있어…. 그러니까 자네는 있는 그대로의 자네를 인정하도록 하게! 자네에겐 작품의 소재가 대단히 풍부하니 공연한 기교 부리기 따위는 삼가는 것이 좋겠어. 자네는 자연스러움과 단순함과 자발성을 통해 자네의 소설에 완전한 예술성을 부여하게나. 문체의 기교라든가, 문장 구성의 대담성이, 잘 쓰이지 않는 부가형용사의 탐구 따위는 다른 사람들에게 맡기고. 자네의 발견이 적절하다 해도 그것이 부자연스러운 노력의 결과라는 것을 사람들은 알게 될 거야. 내 말을 믿게. 자네가 시도하고 있는 것과 같은 작품은 내용이 견실한 데다 오로지 그 내용이 중요하니, 눈에 거슬리지 않는 분명하고도 정확하고 간결한 문체에 만족하게나…. 또 다른 지적 사항. 자네의 **인물 묘사**에 대해 생각해보자고. 자네는 작품 속 인물들을 완전히 장악하고 있기 때문에 육체적으로나 성격적으로나 그들의 특징이 자네에게서 도망갈 염려는 조금도 없어. 그런데도 자네는 자질구레한 세부 묘사까지 빼놓지 않고

* 거의 같은 시기에 앙드레 지드는 때마침 나에게 다음과 같은 글을 보내왔다. "샤를 루이 필리프처럼은 하지 말게. 우리의 접촉은 그에게 해로움만 갖다주었어. 그는 좀 더 훌륭한 **예술가**가 되기 위해 끊임없이 자제하고, 자신을 속이고, 스스로를 훼손시켰다네. 그러다 결국 그는 자신의 재능을 손상시키고 말았지."—원주

일일이 소개해야 하는 것처럼 생각하고 있어. 그럴 필요가 있을까? 인물들로 하여금 행동하고 말하게 하면 그들은 즉시 복잡하게 얽혀 있는 모습 그대로 우리에게 나타날 거야. 자네로서는 분명 많은 어려움이 있었겠지만, 그처럼 공들인 묘사는 인물의 행동을 중단시키고 이야기를 무겁게 만든다네. 그리고 그런 필요 이상의 주석은 언제나 나중에 작품 한가운데에다 핀으로 고정시켜 둔 것 같은 느낌을 주지…. 자, 마르셀 프루스트가 나에게 했던 흥미 있는 고백을 자네에게 들려줄게. 어느 날 나에게 이런 말을 하더군. "글을 쓰기 시작하면 나는 잘 써야겠다는 데에 무척 신경을 썼어. 그리고 이따금 성공할 때도 있었지. 그때가 지금보다 훨씬 더 잘 썼던 것은 틀림없어. 그런데 일을 하면 할수록, 만일 진실을 되도록이면 상세히 파악하고자 하는 열의가 있다면, 그만큼 더 문체에 지나치게 몰두하는 것은 삼가야 한다는 사실을 깨닫게 되거든. 진실, 정확한 진실, 인간의 본질은 너무도 복잡하고 너무도 덧없기 때문에 거기에 도달하기란 여간 어려운 일이 아니야! 그러니 그 비밀의 영역으로 들어가 진실을 구성하고 있는 수천의 작은 입자를 규명하고자 할 때에는 문장을 현학적으로 나열하는 것은 중요하지 않아. 다시 말해 단어들은 아주 단순해야 하고, 그 단어들은 자연스럽게 펜의 놀림에 순응해야 해. 그래야만 사고의 교류와 탐구의 여러 가지 우여곡절을 묘사할 수 있거든…."

(갈리마르의 방문 뒤, 나는 「회색 노트」와 「소년원」의 원고를 재검토했다. 그리고 그 뒤로는 그의 현명한 경고를 늘 염두에 두었다.)

역시 클레르몽에서의 일이다. 내 친구 조르주 뒤아멜에게 『티보가 사람들』의 첫 두 권을 읽어주었다. 그는 내가 읽는 것을 자주 중단시키면서 섬세하고 적절한 세부적인 비평과 함께 이렇게 말했다. "자네의 낭독을 듣다 보니 자네의 작품이 과연 어떤 새로운 것을 가져다주었는지 잘 모르겠군. 그래, 솔직히 말해서 별로 새로운 것이 없어. 대담한 시도이면서 전체적으로는 성공적이야. 하지만 결국 19세기의 프랑스와 외국의 훌륭한 소설가들이 획득한 것을 이용한 것에 불과해. 그런데 내 생각에는 이미 연구되어 널리 알려진 요소들을 새롭게 조정하고 결합시켜 제시하는 것이 문제가 아니야. 우리의 중요한 의무는, 우리 소설가들의 의무는, 아직 연구되지 않은 감정의 광활한 신비의 영역에서 전문가의 시선이 아직 미치지 않은 새로운 몇 가지 특징을 포착하는 데에 있어. 다시 말해 뜻하지 않은 어떤 발견을 통해 인간의 불완전한 지식을 풍부하게 하는 거지…. 자네는 관찰하기를 좋아해. 관찰을 잘하는 편이고. 그러나 아무것이나, 인생의 우연이 제공하는 것은 무엇이든지 관찰하는 것으로 만족하고 있어. 그렇다고 자네가 구사하고 있는 단어라든가 의미심장한 제스처, 본능적이며 많은 의미를 지닌 반응 같은 것은 충분히 주의 깊게 살피지도 않았어. 그러면서 인간성의 아직 알려지지 않은 어떤 특성과, 아직 진단도 채 이루어지지 않은 여러 정신 상태 중의 어느 하나를 그런 반응을 통해 돌연 드러내고 있지…. 그런 종류의 발견을 지칭하기 위해 나와 내 친구 샤를 빌드락이 얼마 전에 한 가지 표현을 만들어냈다네. 즉 우리에게 하등의 새로운 것을 가져다주지 못하는 작품을 일컬을 때 **전문적인 지각**知覺이 없는 책이라고 말하곤 했지…. 그렇다면 자네의 다음 작품들은 **전문적인 지각**으로 가득 차야 할 거야!"

그리고 파리로 가는 기차 안에서 그는 또 다음과 같은 말을 했다. 그 말에 나는 놀라기도 했을 뿐 아니라 몇 주 동안 마음속으로 이러지도 저러지도 못 하는 심각한 의혹만을 되새겼다. 그것은 결과적으로 내가 『티보가 사람들』에서 대화 형식을 단념하게 된 이유와 관련이 있다. "오늘에 와서 생각해보니 『장 바루아』에서는 자네가 그 작품에 가장 적합한 형식은 아니더라도, 적어도 작가로서의 자네 기질에는 더할 나위 없이 잘 어울리는 형식을 채택했던 것 같아. 자네의 여러 가지 장점이 자유롭게 꽃을 피울 수 있는 동시에 자네의 단점이 운 좋게 드러나지 않는 형식 말일세…. 앞으로는 대화체로 되돌아가라는 충고에 대해 너무 성급한 결론을 내리지 말게…. 결국 생각해볼 문제니까…."

폴 데자르댕* 그리고 퐁티니Pontigny**에서의 열흘간의 간담회

퐁티니의 간담회에 참가한 것은 나에게는 중요한 사건 중 하나였다. 분명한 것은, 9년 전 『N.R.F.』 그룹에 들어간 것만큼 중요성을 띠지는 않더라도 나의 인간 형성에 있어서는 같은 성

* Paul Desjardins(1859-1940). 교수이자 언론인. 『르 피가로』에 기사를 연재했다. 당대 퐁티니에 주로 모이던 지식인들의 모임에 주도적으로 참여하면서 의견 표명의 자유, 정교 분리 등 공화주의적 견해들을 주장했다.

** 부르고뉴(Bourgogne) 지방의 욘(Yonne)에 있는 작은 마을.

질의 사건이었다. 어떻게 보면 『N.R.F.』 그룹에 들어간 사건의 운 좋은 보완 역할을 했다고도 하겠다. 그리고 활기를 불어넣어주는 퐁티니의 친밀한 분위기 속에서 그들과 함께 생활함으로써 그들과 더욱 긴밀한 관계를 맺을 수 있었던 것이다.

퐁티니 간담회의 설립자는 폴 데자르댕이었다. 그는 '윤리 실천 연맹Union pour l'action morale'이었다가 훗날 '진리 추구 연맹Union pour la vérité'으로 바뀐 단체의 창설자이기도 했다. 근본적으로 정신주의자이면서 신비적 경향을 띤, 다소의 종교심이 없지는 않은 이 위대한 대학교수는 순전히 비종교적인 도덕에 확고한 기반을 두는 것을 자신의 가장 중요한 사명으로 여기는 것 같았다. 그는 이전에 마르셀 에베르와 근대주의 운동의 주요 추진자들과 관계를 맺었다. 그는 『장 바루아』를 출간 직후에 읽었고, 우리는 몇 통의 편지를 주고받았다. 전쟁으로 인해 **여름 간담회**가 중단되었다가 1922년에 다시 열렸을 때, 그가 나를 열흘간의 문학 간담회에 초대했다. 나는 수락했다. 거기에 가면 앙드레 지드, 테오 반 리셀베르그 부인, 장 슐룸베르제, 자크 리비에르, 샤를리 뒤 보스를 다시 만나리라는 것을 알고 있었다. 어쩌면 라몽 페르낭데즈, 앙드레 말로, 앙드레 샹송, 로베르 드 트라즈, 앙드레 모루아 등도. 또한 내가 가까이 지내고 싶어 했던 소설가들과, 비평가 골즈워디, 이반 부닌, 에드몽 잘루, 에른스트 로베르트 쿠르티우스 등도 만나기를 기대하고 있었다.

간담회에 도착하자마자 나는 폴 데자르댕이라는 인물에 몹시 흥미를 느꼈다. 그는 내가 만난 사람 중에서 가장 뛰어난 기지를 가진 인물일 뿐 아니라, 사람을 가장 어리둥절하게 만드는 성격의 소유자였다. 1914년 겨울에 수차례, 비외콜롱비에의 초연일에 그의 목신과도 같은 얼굴을 본 적이 있었다. 그러나 무엇보다도 소문을 통해서, 특히 코포가 그에 관해 여러 차례 되풀이해서 묘사해준 바 있는 생동감 있는 인물상을 통해서 나는 그를 알고 있었다. 코포는 그를 이해하려고 무척 애를 썼다. 그의 장점만큼이나 그의 결점 때문에, 그리고 그의 독창성과 재능의 번득임만큼이나 그의 행실의 괴팍스러움 때문에 오히려 그에게 애착을 느끼고 있었다. 그래서 나에게 폴 데자르댕에 관해 말할 때에는 언제나 마치 명품 '수집품' 중에서 진귀한 것 하나를 두고 이야기하듯 했다. 눈앞에 이런 기괴한 모델이 있다면 메러디스나 올더스 헉슬리나 프루스트 같은 심리 분석가에게 얼마나 횡재였을까 하는 생각도 자주 했다! 그에게서는 범상하다든가 평범한 것은 전혀 찾아볼 수 없었다. 즉 신경을 건드리는 결점도 탁월한 장점 못지않게 유별났던 것이다. 이 기인奇人에게서는 가장 대립되는 여러 가지 모순이 자연스럽게, 심지어는 기이한 조화를 이루며 얽혀 있었다. 그리고 그는 모든 정의定義로부터 벗어나 있었기 때문에, 그의 제자들이나 친구들, 또는 비방자들이 그를 테두리 안에 감금하기 위해 애를 써도 헛일이었다.

이론의 여지 없이 당당한 풍모, 그의 매우 한정된 작품을 통해서가 아니라 인간 됨됨이를 통해 유럽의 정예 지식인층 전체의 존경을 한 몸에 받았던 프랑스 문학계 거장의 풍모였던 것이다.

사람들은 첫눈에 그의 폭넓은 지식과 흡사 맹금과도 같은 시선이 보여주는 통찰력에 압도당했다…. 그의 기억력과 박식함은 상상을 초월했다. 그 박식함은 매우 특이한 것이었다. 즉 대단한 두뇌가 흡수한 백과사전적인 교육의 결과일 뿐 아니라, 그 위대한 일꾼이 모든 시대, 모든 나라에서 가장 알려지지 않은 작품들을 지칠 줄 모르는 호기심을 발휘해 개인적으로 고독하게 탐사를 수행한 작업의 결실이기도 했다. 이처럼 기존의 방법을 벗어나 그가 이룩한 수많은 발견을 화제에 올리면 뜻밖의 풍요로움과 치밀함을 얻을 수 있었고, 그를 화제로 삼는 매력은 조금도 감소되지 않았다.

폴 데자르댕의 자존심은 대단했다. 요컨대 정당한 자존심이었다. 만일 그에게 무언가 어린애 같은 터무니없는 겸손함을 줄곧 표방하면서 자존심을 위장하는 괴벽이 없었더라면, 훌륭한 인간으로서의 그의 자부심을 사람들이 어렵지 않게 받아들였을지도 모른다. 그만큼 그의 겸손함은 도가 지나쳤고, 그의 행동과 마찬가지로 인간 됨됨이에서도 모든 것이 그의 겸손함과 일치하지 않았던 것이다.

논쟁에 있어서도 그는 결정적인 중재를 하는 데에 천부적인 소질을 갖고 있었다. 그는 상대가 각자 견해를 밝히기를 기다렸다가 자신의 생각을 피력했다. 그의 명철하고 예리한 기지는 곧장 주제의 핵심을 찌르곤 했다. 그의 논법은 때로는 거칠고 때로는 은밀해서 상대를 당황하게 만들 때가 있는가 하면, 또 듣는 사람을 납득시킬 때도 있었다. 그렇지만 뭐라 설명할 수 없는 의기소침한 태도 때문에 그의 논조가 별안간 정체되는 듯한 느낌을 줄 때도 있었다. 그럴 경우, 그는 이유 없이 유리한 입장을 모두 포기하고는 언제나처럼 사람을 어리둥절하게 하는 표변豹變으로 논쟁을 회피하곤 했다. 그러면 사람들은 이 박학의 교수가 늘 재주를 부릴 채비가 되어 있는 익살 광대의 역을 겸하고 있다는 인상을 받았다.

그는 희극배우의 기질을 갖고 있어서, 어떤 때는 정말 뭐라 설명할 수 없는 어린애 같은 행동을 연출했다. 예를 들면, 고등사범학교 출신이자 유명한 라틴어 학자인(콩도르세에서 다년간 최고 학급의 강좌를 훌륭하게 맡았으며, 여자 고등사범학교에서 수많은 졸업생을 길러냈다.) 그가 신성로마제국의 변론술에 따라 수에토니우스*나 유베날리스** 작품의 15행을 거침없이 암송하다가 느닷없이 중단하는 것을 목격할 때가 있었다. 무슨 일일까? 그때 희극배우인 그가 무대에 등장하면서 당혹해하는 모습을 보이더니 수줍은 눈길로 관객을 두루 살핀 다음, 아주 진지한 얼굴로 유능한 관객 중의 한 분이 자신을 거북하게 만들 몇 마디를 지적해줄 수 없겠느냐고 물었다…. 물론 그것은 중학교 3학년이면 대번에 번역했을 일상적인 성구였다…. 이런 허튼소리가 무슨 의미가 있었을까? 그는 거기에서 분명 기쁨을 느꼈던 것이다. 그는 이런 터무니없는 장난을 더 이어가 어찌할 바를 모르는 듯한 낮은 목소리로 이렇게 중얼거렸다. "백발의 늙은 교육자를 용서하십시오. 아아, 쇠퇴한 기억력에는 라틴어의 기초밖에 남은 것이 없군요…."

그가 이처럼 하찮은 우스갯소리를 들먹이면 사람들은 마지못해 예의상 미소를 지어주었다. 그러나 그의 익살은 종종 그저 우스갯소리만이 아니었다. 순박한 모습으로 위장한 익살

* 고대 로마의 전기 작가.

** 고대 로마의 시인.

은 이따금 음험한 의도를 숨기고 있었다. 그리고 그는 무례한 비방을 통해 사람들을 악평하기 위해 그런 익살을 곧잘 이용했다.

그의 선의가 실제로 그러했는가 하면, 타고난 악의도 그에 못지않았다. 그는 사도使徒가 되기를 열망했으며, 고귀한 발의發意와 대의大義를 옹호하는 데 그의 시간과 권위와 지성을 바치기를 결코 주저하지 않았고, 그의 생애를 통해 애타심과 무사무욕의 분명한 증거를 수없이 보여주었지만, 악의와 더러운 원한도 품을 수 있는 인물이었다. 그럴 때면 그는 영락없이 사슬 풀린 악마에 사로잡혀 있는 듯했다. 그에게 그토록 많은 숭배자가 있으면서도 진정한 친구는 없었다면 어떻게 놀라지 않을 수 있겠는가? 사람들은 그에 대한 존경심을 부정하지는 않았다. 그러나 그를 좋아하는 데까지는 이르지 못했다.

그는 대단히 사려 깊은 사람이어서 사람들이 자신에게 호감을 갖고 있지 않다는 것을 누구보다도 잘 알고 있었다. 그리고 너무 과민한 탓에 그러한 사실에 고통스러워하기도 했다.

어느 날 그가 암시적이고도 놀라운 몇 마디 말을 나에게 했는데, 그 말뜻은 훗날 이해했지만 아주 혼란스러운 속내 이야기가 감춰져 있다는 느낌이 들었다. 보통 나는 그와 단둘이 있는 것을 기피했다. 그의 과장된 예의라든가, 불성실한 태도, 대화 여기저기에 즐겨 끼워넣는 악의적인 언행 따위가 거북했기 때문이다. 그날은 마을에서 그를 만났다. 저녁 식사 시간이 다가오고 있었다. 우리는 간담회 참석자들이 묵고 있는 수도원을 향해 걸어갔다. 그가 받은 신간 중에서 톨스토이의 비망록에 관해 이야기를 하게 되었다. 그는 동시대의 모든 유명 인사와의 교류는 물론, 러시아의 위대한 인물들과도 여러 차례 서신 교환을 했다. 그리고 야스나야 폴랴나*도 방문했던 것으로 안다. 그는 언제나 톨스토이를 '레옹 니콜라예비치'라고 친근하게 불렀다.

"레옹 니콜라예비치의 경우는 감동적이었어." 하고 그는 평소와는 달리 뜻밖의 감동 어린 담담한 어조로 나에게 말했다. "그는 자신이 지닌 양립할 수 없는 상반된 두 개의 인간상을 결코 체념하지 못했어. 하나는 탁월한 인물이 되고자 노력하는 인간, 복음서에서 배운 관대하고 공평무사하며 이웃을 사랑할 것을 가르치는 인간, 한마디로 이따금 **성인**의 모습으로 성공적으로 가장하는 인간. 그런가 하면 자연이 만들어낸 레옹 니콜라예치, 그는 구제할 수 없을 정도로 사악하고 화를 잘 내고 이기적이며 파렴치하고 변태적이면서 잔인한 인간이지. 그는 그런 자신을 비관하고 있었어…. 이런 이원성은 옛날이야기야…. 플라톤의 '두 마리 말과 마부'의 비유를 기억하나?… 서로 반대 방향으로 끌어당겼지…. 일생을 두고 사람들은 이러지도 저러지도 못 하고 있어. 사람들은 이런저런 말을 하고, 이런저런 행위를 하지. 그리고 때로는 사람들이 바라는 인간으로 있고, 또 때로는 다른 사람이 된단 말이야. 유감스럽게도 다른 사람과 다를 바 없는 인간…. 자신의 두 가지 얼굴을 보여주니까 사람들은 **대단한 위선자로군!** 하며 곧 분개하고 말았지."

그는 입을 다물었다. 나는 그 말의 숨은 의도와 뜻하지 않은 독백의 의미를 즉시 파악하지 못했다.

* 톨스토이가 태어나 묻힌 곳.

정원에서 우리 친구들은 매일 저녁 그러했듯이 종이 울리기를 기다리면서 삼삼오오 떼를 지어 한담을 나누고 있었다. 우리는 집 안으로 들어가 아무 말 없이 층계를 올라갔다. 그런데 그가 자기 방으로 가기 전에 층계참에서 나를 향해 돌아섰다. 그러더니 돌연 날카로운 눈초리와 약간 귀에 거슬리는 웃음소리와 함께 상대를 어리둥절하게 만들기에 충분한 냉소를 머금고는 나에게 이렇게 말하는 것이었다.

"암, 그렇고말고, 여보게…. 놀랐나? 그래, 사람들이 나를 어떻게 생각하고 있는지 내가 잘 모르고 있는 줄 아나?"

퐁티니에 한 번도 초대받지 못했던 사람들—아니면 왔던 적이 있더라도 다시는 거기에 모습을 드러내지 않으려는 사람들, 재능 있는 사람들의 모임에서 자신의 허영심을 만족시켜 주는 온갖 개인적인 성공을 거두지 못해 화가 나 있는 사람들—은 열흘 간담회를 조롱하는 데 심술궂은 쾌감을 느끼곤 했다. 조롱하는 것은 너무도 쉬운 일이었다. 우리 자신도 거기에 저항하지 못하는 경우가 종종 있었다. 퐁티니의 팬들 중에도 데자르댕의 괴벽과 그가 세운 '규율'을 비웃는 사람들이 있었다. **간담회**의 원활한 진행을 보장하는 동시에 그의 전통에 대한 감각과 어떤 예식에 대한 취미를 만족시켜 주기 위한 규율이었다.(그는 우리가 묵고 있는 그 건물들이 여러 세기 동안 시토 수도회의 수도원이었다는 것을 즐겨 상기시켰다. 그리고 **수도원장**으로서의 오랜 전통을 지닌 속인俗人의 계승자가 거기에 있다는 것을 잊지 않았다….)*

그렇기는 하지만 간담회 참가자들 간에 주고받은 우정 어린 농담이 데자르댕의 여러 탁월한 공적을 인정하는 데 장애가 된 경우는 없었다. 매년 3회, 열흘간 계속해서, 미리 정해진 정확한 문제를 가지고 자유로운 토론을 하기 위해 전 유럽에서 찾아온 50여 명의 작가, 철학자, 예술가, 사회학자, 석학 등을 한 장소에 모이게 한다는 것은 만용에서 비롯된 계획이 아니었을까? 그렇지만 그는 그 계획을 실현했다. 그의 완벽한 성공을 인정하지 않는 것, 그리고 그 어려운 계획을 그토록 화려하게 밀고 나가기 위해 그가 보여준 지성과 재능과 용기와 끈기에 전적인 찬사를 보내지 않는 것은 명백한 사실을 부정하는 것이나 다름없었을 것이다.

그는 이처럼 혼성의 집회가 아무에게도 이익과 효과를 가져다주지 못하고 일종의 잔치로 변질될 위험성이 있다는 것, 그러므로 모두가 받아들이고 준수할 수 있는 최소한의 규율을 이 일시적인 공동체에 부과하는 것이 불가피하다는 것을 깨달았다.

사실 이 '수도사 같은 규율'에 대해 외부의 조롱자들은 빈정거리기도 했지만, 사소한 것에 국한된 규율이었기에 마지못해

* 어느 날 데자르댕이 우리를 데리고 베즐레로 소풍 갔던 일이 생각난다. 그가 일행의 선두에 섰다. 주변의 평원 전체가 내려다보이는 수도원 부속 교회의 후진에 있는 거대한 발코니까지 우리를 안내했다. 그의 설명에 따르면 그곳에서 성(聖) 베르나르가 프랑스의 왕과 왕국의 모든 영주들 앞에서 제2차 십자군을 격려했고, 그 시기에 수천의 무장한 전사들이 끝이 보이지 않을 정도로 그 지역을 뒤덮었으며, 설교자의 몸짓 하나로 단번에 모두가 무릎을 꿇었다고 했다. 그의 목소리는 떨리고 있었고, 억제된 감정은 북받쳐 올랐다. 그 순간, 눈에 띄게, 그는 수도사 피에르 레르미트와 성 베르나르의 동생이나 된 것 같은 느낌을 받았다. 그 역시 성스러운 사명을 띤 사도였다. 그의 사명은 퐁티니에 모든 나라의 엘리트들을 규합하여 지성의 우월함, 문명과 문화의 존중, 도덕률의 우위를 전하고, 정의와 진리와 인간 상호 간의 관용과 평화를 고양하는 것이었다.—원주

따르는 사람은 아무도 없었다. 매일매일의 간담회 시간과 의제는 폴 데자르댕이 결정했으며, 데자르댕 부인은 두 번의 식사 시간을 정하고 수도사의 옛날 식당에다 참석자들 각자의 자리를 정해주었다. 세 번의 전체 모임 시간에는 모두가 시간을 엄수해 출석해야만 했다. 그것을 제외하고는 완전히 자유로웠다. 일정이 없는 시간에는 혼자 있거나, 특별한 화제를 위해 그룹을 지어 모이기도 하고, 공동으로 책을 읽는가 하면, 산책이나 소풍도 각자 자유롭게 할 수 있었다. 풍요로운 도서실은 데자르댕이 세운 것으로서, 모두가 마음대로 자유롭게 드나들며 자신의 일을 할 수도 있었다. 이웃을 방해한다거나 예의에 벗어나지 않는 한 아무런 제한이 없는 자유였다. 대부분의 시간에는 각자 자신의 취향에 맞는 생활을 설계할 수 있었다. 따라서 전체적으로 유쾌한 분위기였다. 그리고 우정 어린 동지애, 선택된 사람들과의 접촉, 실리적인 의견 교환 등으로 이루어진 열흘간은 자기 충실화를 위한 갖가지 수많은 기회를 마련해주었기 때문에, 이 정신적인 휴양지의 섬세한 기쁨을 한 번이라도 맛본 사람은 감사하는 마음으로 가득 찬 추억을 간직했던 것이다.

또한 퐁티니의 체류에서 무엇인가 새롭고도 유익한 우정의 약속을 가져오지 않은 사람은 매우 드물었다. 수도원에 초대되었던 두 손님 사이의 화합이 얼마나 용이하게 단번에 성립될 수 있었는지를 나는 여러 번 확인할 수 있었다. 전날까지만 해도 서로 모르는 사이였다가 별안간 많은 공통점을 상대방에게서 발견하고는, 퐁티니의 전설적인 '정자' 밑에서 열흘 동안 형제처럼 지낸 뒤 굳건한 우정을 약속했던 것이다. 한 가지만 예를 들자면, **여름 간담회**에 참석하지 않았다면 과연 내가 앙드레 말로의 친구가 될 수 있었을까? 어쩌면 파리의 어느 문학 모임에서 우연히 만날 수 있었을지도 모르겠다. 여러모로 나에게 매우 귀중했던 간담회, 여러 차례 함께 참석하여 공동생활을 하면서 견고한 결속을 다졌던 그 모임이야말로 앙드레 말로와 나 사이에 자유롭고 신뢰성 있는 공감대가 이루어지는 계기가 되지 않았을까?

퐁티니의 또 다른 혜택을 들자면, 열흘 동안 그와 같은 감동적인 지적 엘리트층에 섞일 수 있다는 것과, 사적인 담화와 마찬가지로 간담회의 석상에서도 임기응변이나 독자적인 사상, 뜻밖의 인용문을 놓고 격론을 벌이는가 하면, 비할 데 없는 교양을 과시하는 수많은 '명사名士들'과 아침부터 저녁까지 팔꿈치를 맞대고 생활했다는 것인데, 그것은 결정적으로 가혹한 자기반성의 길로 이끌었다…. 그로 인해 사람들은 오랫동안 혼란 상태에 빠져 있었으며, 어느 때보다도 더 자기 자신에 대해 많은 것을 요구하게 되었다. 아주 혹독한 시련이었지만 결국 그 시련은 대단히 효과적인 것이었다!

앙드레 지드도 나와 마찬가지로 이런 불안한 자기 성찰에서 벗어나지 못하고 있었다. 나는 1922년 9월 7일에 그에게 다음과 같은 편지를 썼다. "퐁티니에서 나는 절망에 차서 되돌아왔습니다. 나 자신에 대해 너무 역겨운 생각이 들었지요. 그래서 암울한 염세적 기분과 싸울 기력조차 없었습니다…. 나의 생애를 통해, 내 머리의 굼뜸과 우둔함과 무지와 돌이킬 수 없는 무교양을 이처럼 의식해본 적이 없습니다…."

내 편지에 그는 12일 자로 이런 회신을 보내왔다. "퐁티니의 간담회…. 나도 거기에서 몹시 지쳐서 녹초가 되어 나왔다네. 다만 앞으로 무엇을 해야 할 것인지 좀 더 뚜렷한 생각을 갖고…. 소름 끼치는 의혹과(그렇네, 나 역시 말이네.) 내 임무에 대한 무능함, 무엇인지는 몰라도 부족하다는 공포심…."

퐁티니 덕분에 이런 유익한 겸양의 훈련을 하게 된 사람은 분명 우리 둘만이 아니었다!

「라 소렐리나 La Sorellina」

「라 소렐리나」는 『티보가 사람들』의 다섯 번째 '소설'의 제목이다. 자크가 자신의 망상으로부터 벗어나기 위해 도피 생활을 하던 중 은밀하고도 개인적인 여러 가지 추억을 더듬으며 쓴 것으로 되어 있다. 어떤 외국 잡지에 그럴듯한 필명으로 발표한 이 글을 읽고, 앙투안은 3년 전에 가출한 동생 자크의 행방을 추적한다. 동시에 그는 자크가 제니와 지젤을 피해 가족과 멀리 떨어진 외국으로 도피한 이유가 '이중의 사랑' 때문이라는 것을 알게 된다.

나는 자크가 가출할 수밖에 없었던 미묘한 정황과 감상적인 원인을 독자에게 회고적으로 알려주는 이런 간접적인 방법을 기발한 착상으로 여겼다.

이 소설을 쓰는 데 나는 말할 수 없는 어려움을 겪었다. 여러 달 동안 이 일에 매달렸다. 처음에는 완결된 형식을 갖춘 소설을 구상했다. 이런 생각도 했다. '삽입하려는 발췌문만 쓰고 만다면 소설 속의 소설이라는 것이 명백하게 드러날 위험이 있을 텐데.'

다른 한편으로, 사실에 가까운 것으로 보이기 위해서는 문체 하나를 개발해야겠다고 확신했다. 즉 나의 문체가 아닌 자크의 문체, 젊고 예술적이며 필요에 따라서는 부자연스러운 문체, 그러면서 자크의 격정적인 성격을 반영하는 동시에 작가로서의 미숙함의 흔적을 보여주는 문체.

오랜 시간이 지난 지금에 와서 돌이켜볼 때, 힘들기만 했던 그 작업은 아무런 의미가 없었던 것으로 생각된다….

지드도 신중을 기하라고 나에게 경고한 바 있었지만 이미 너무 늦은 뒤였다. 1927년 11월, 내 소설 원고를 읽어주었더니 지드가 웃으면서 이렇게 충고를 해주었다. "여보게, 눈속임 기교는 삼가게. 그런 재주는 자네 몫이 아니야. 사람들은 늘 자네의 두 손을 보고 있단 말이야!"

불행하게도 내 문제는 '재치'를 단념하는 것이 아니었다. 소설을 다른 방법으로 다시 쓴다는 것은 생각조차 할 수 없는 일이었기 때문이다.(한편 솔직히 말해서 그 당시 나는 그 작품을 불만스럽게 여기지 않았다…. 오히려 그처럼 힘든 작업을 끝까지 밀고 나간 나 자신을 대견스러워하고 있었다. 숱한 어려움을 이겨냈다는 만족감이 비판적 감각을 송두리째 덮어버렸던 것이다….)

『출범L'Appareillage』과 『티보가 사람들』의 새로운 계획

『아버지의 죽음La mort du père』은 1929년 3월에 출간됐다. 곧이어 나는 그때까지 한 번도 이탈해본 적이 없는 원래의 계획에 따라 다음 작품인 『출범』에 매달렸다. 그것은 『티보가 사람들』의 일곱 번째 부분으로 예정되어 있었다. 나는 20여 개월 동안 이 새로운 작품을 구상하고 집필하는 데 온 정성을 쏟았다. 1930년 12월, 초고는 다 마쳤고 책의 절반 이상이 정서正書가 끝나 인쇄에 들어갈 참이었다.(어떤 에피소드는 비교적 잘된 것 같았다. 특히 이에르Hyères*에서 제니와 지젤 사이에 벌어진 긴 장면이 기억에 떠오르는데 그런 극적인 대결 장면 전부를 묵설법, 반고백, 암시적 약어법으로 쓴다는 것은 여간 어려운 일이 아니었다.)

그러니까 내 작업은 상당히 진전되어 있었다. 그런데 1931년 1월 1일 저녁, 아내와 내가 테르트르** 근처에서 끔찍한 자동차 사고를 당했다. 우리는 르 망의 한 병원으로 이송되었고, 그곳에서 3월 중순까지 입원해 있었다.

깁스를 한 채 꼼짝도 못 하고 있는 몇 주 동안, 내 작품에 관해 오랫동안 깊이 생각해볼 여유가 있었다. 그런데 「출범」을 완성하여 출판하는 시의時宜에 대해 커다란 의구심이 생겼다. 일의 급작스러운 중단으로 인해 새롭게 눈을 뜨게 된 것이다. 10년 전에 세운 『티보가 사람들』의 계획에 매달려 일을 계속 밀고 나간다면(그때까지 계획의 3분의 1 정도밖에는 실현하지 못한 터였다.) 앞으로 열다섯 권, 어쩌면 그 이상을 써야 할지도 모른다는 것을 깨달았다. 물론 그 일이 불가능하게 여겨지지는 않았다. 그렇다고 나의 주제 때문에 지쳐 있는 것도 결코 아니었다. 최초의 계획에 따라 무리 없이 진행하면서, 나의

* 지중해 연안, 툴롱(Toulon) 근처에 있는 해안 도시.

** 오른(Orne)의 세리니(Sérigny)에 있는 마르탱 뒤 가르 소유의 큰 저택.

열정을 유지시켜 주는 일종의 안정감에 고무되어, 오랜 시일을 요하는 작업에 매 권마다 온 힘을 다했던 것이다. 그런데 병원의 조용하고 고독한 생활을 계기로 「출범」을 한 발 물러서서 생각해본 결과, 지금까지 내가 자기만족에 사로잡혀 있었다는 것, 그리고 그 사실을 스스로 알아차리지도 못하고 이야기의 흐름을 터무니없이 지연시켰다는 생각을 불현듯 갖게 되었다. 내 계획의 포로가 되어 내가 이미 출간한 일곱 권에 연이어 열다섯 권을 추가한다면 어떻게 될 것인가? 내 소설을 이처럼 엄청나게 확장함으로써 독자를 피곤하게 만들 뿐 아니라, 내가 중요하게 여기던 작품의 통일성과 균형을 여지없이 깨뜨려버릴 위험도 있었다. 병원 침대에 누워서 곰곰이 생각하면 생각할수록 그 위험도가 점점 더 심각하게 여겨졌다.

우선 나는 타협점을 모색했다. 물론 계획을 축소하고, 광범위한 절단 작업을 하기로 결심했다. 그러나 그 해결책이 실질적으로 얼마나 실현 불가능한 일인지 즉시 깨달았다.

(최초의 계획에서는 자크만이 전쟁에서 죽는다. 앙투안은 무사히 귀환한다. 그는 제니와 결혼해서 아내를 도와 자크의 아들인 장 폴을 키운다. 그 결혼으로 안 마리라는 딸이 태어난다. 많은 사건을 이미 구상했는데, 그중에는 전후 프랑스의 특수한 상황을 무대로, 한 위대한 개업 의사의 생활, 제니와 앙투안의 성격 변화, 그들 부부 생활의 어려움, 아이들의 교육과 성장 등이 부각되었다. 복잡하고, 특히 감동적인 에피소드가 마지막 여러 권 중의 한 권을 온통 차지하면서 장 폴이 그 중심을 이루고 있었다. 자크와 제니의 불같은 성격을 물려받은 장 폴은 스무 살에 광적인 모험에 뛰어든다. 그는 절친한 친구의 부인을 유혹한다.

이러한 불륜의 관계를 알아내고, 도난당했지만 반론의 여지 없이 기소 거리가 되는 자료를 친구인 남편에게 넘기겠다고 위협하는 공갈범이자 앙투안의 고용인을 장 폴은 자신의 정부情婦의 명예를 구하기 위해 권총으로 살해하기에 이르렀다. 파리의 추문, 재판 등 모든 것이 극적인 효과를 위해 치밀하게 짜여 있었다. 그리고 이런 탐정소설 같은 데이터를 근거로 순전히 심리적인 작품을 쓴다는 것에 나는 자부심을 느꼈다….)

검토해본 결과, 계획의 쓸데없는 부분을 삭제한다는 것은 불가능해 보였다. 내가 준비한 긴 이야기는 많은 사건을 심도 있게 검토해 서로의 연속성을 존중했을 때에만 성립되었다. 따라서 계획을 전부 유지하든지, 아니면 포기하고 다른 계획으로 대치하든지 두 가지 중 하나를 선택하는 길밖에 없었다.

이처럼 나는 난감한 상황에 처해 있었다. 그런데 느닷없이 현대극을 한 편 써야겠다는 생각이 떠올랐다. 입원해 있던 마지막 몇 주는 머리에서 떠나지 않는 이런 방향 전환 문제에 몰두해 있었다. 그사이 모든 주인공들의 성격을 정하고 『침묵자Un Taciturne』의 정확한 공연 대본을 한 장면 한 장면 구성했다.(그렇게 해서 몸의 회복을 위해 남프랑스의 아비뇽 근처에서 여름을 보내는 동안 3개월도 채 안 되어 단숨에 내 희곡을 쓸 수 있었다.)

내 소설에 관해서는 퇴원하자마자 어느 정도 의식적으로 결심을 굳혔다. 테르트르에 도착해서 원고를 다시 읽어보고는 「출범」을 준비하면서 줄거리를 진절머리 날 정도로 질질 끌었다는 이전의 느낌을 확인한 다음 결심을 앞당겼다. 곰곰이 생각해본 결과 하나뿐인 합리적 해결책은 『티보가 사람들』의 결

말을 처음에 예상한 대로 끝내는 것을 단념하고, 이미 출간된 일곱 권의 몸통에다 **또 다른 대단원**을 접목하는 것이었다. 이 접목은 되도록이면 눈에 띄지 않게 해야 했다. 이 해결책이란 훗날 다른 에피소드에서 이용할 생각으로 처음 몇 권에서 소개했던(가령 「진찰」의 몇몇 환자라든가 혹은 앙투안이 지붕 밑 방으로 찾아갔던 두 명의 '영악한' 고아 등) 이차적 인물 몇몇을 방기하는 것이었다. 그러나 그것은 최소한의 손실이었다.

처음에 생각했던 대단원의 절제는 실현 불가능한 것은 아니었다. 그다음이 그것을 증명해주었다. 어쨌든 그 당시에는 상처가 그렇게 더디게 아물 줄은 미처 생각하지 못했다….

만일을 생각하여 훗날 쓸모가 있을 것으로 여겨지는 몇 개의 단편소설과, 실제로 「1914년 여름L'été 1914」의 마지막에서 자크와 제니의 상봉 장면에 이용한 성격의 어떤 세부적인 묘사 따위는 원고에서 따로 떼어놓았다. 나머지 부분은 결심을 번복하지 못하도록 어느 날 저녁 난로에 넣어 태워버렸다.

지금에 와서 생각할 때 그러한 희생을 그처럼 용이하게 감수한 나 자신이 놀랍기만 하다. 현명한 결정에는 순종한다는 의식을 갖고 있었기에, 그리고 나에게 필요하고 도리에 맞는 것은 받아들이는 기질 때문에 그렇게 했을까? 그럴지도 모른다. 그러나 또한 당장 매력 있는 전망을 보여주는 『침묵자』의 계획이 눈앞에 있었기 때문에 그와 같은 희생이 더 쉽게 이루어졌는지도 모른다.

어쨌든 나의 균형을 되찾아 『티보가 사람들』을 다시 시작할 수 있기까지는 3년 가까이 걸렸다…. 비록 오랜 중단의 시기에 『침묵자』의 집필과 『오래된 프랑스Vieille France』에 일시적으로 몰두해서 기분을 전환시키기는 했지만, 3년이라는 시간은 나에게 이루 말할 수 없이 참담한 추억만을 안겨주었다.

그런 혼란에 매우 심각한 물질적인 불안이 가세했다. 테르트르의 건물을 보수하느라 엄청난 돈을 지출했는데, 부모의 유산을 거기에 모두 쏟아붓다시피 했다. 이제 남은 것은 직업적인 수입뿐이었다. 그런데 『티보가 사람들』 시리즈는 1929년 이래로 중단된 상태였다. 판매도 4분기마다 줄어들었다. 나의 인세는 오분의 사의 감소를 보였다. 이렇게 주요 수입원이 잘려 나간 수입으로는 그 저택을 도저히 유지할 수 없었으며, 검소하게 지낸다고 해도 거기서는 버티기가 힘들었다. 그런데 『티보가 사람들』의 새로운 계획이 힘든 작업인 데다 작품이 완성되기까지 매우 오랜 기간의 노력과 수익 없는 노동이 필요하다는 것을 나는 잘 알고 있었다. 어쩔 것인가?

내 노트에는 다수의 중편소설 계획이 적혀 있었다. 돈을 좀 벌어야 한다는 절박한 필요성을 앞에 두고 한 가지 해결책을 마련했다. 그것은 나에게 고통스러운 단념을 요구했다. 그렇다고 다른 해결책이 있는 것도 아니었다. 즉 잡지에 발표하기가 비교적 용이하고, 즉각적인 수익성이 있는 중편소설을 써야겠다는 착상이었다. 게다가 그 소설들을 단행본으로 묶으면 해마다 소설 한 권은 만들어져 발매가 보장되리라는 생각에서였다.

이런 사실을 알게 된 가스통 갈리마르가 이번에도 나에게 도움을 주었다. 내가 생활을 끌어갈 수 있도록, 그리고 『티보가 사람들』의 집필을 계속한다는 조건으로 매월 규칙적으로 월급을 지불할 것을 자진해서 제의해온 것이다. 그것은 아무런 기한도 못 박지 않고, 시간적으로도 전혀 구애받지 않는 제의였다.(이 가불금으로 생활을 꾸려간 3년 동안 그는 내 일의 진전 상황을 일절 알려고도 하지 않을 정도로 신뢰와 신중함을 보여 주었다.)

그렇게 해서 나는 궁지에서 벗어났다. 생활비가 너무 많이 드는 테르트르에서의 생활을 몇 년간 포기하기로 하고, 예산을 줄여 꼭 필요한 것에만 돈을 쓰면서 아내와 함께 파리에서 멀리 떨어진 일시적인 은거지에 가서 자리를 잡을 수 있었다. 그리고 돈 걱정에 시달리지 않고 일을 계속할 수 있었다. 나는 다시금 용기를 얻어 『티보가 사람들』을 즉시 다시 시작할 수 있었다. 그러나 진정으로 마음의 평화를 되찾은 것은 1933년 말이며, (우리가 피신해 있던 지중해 연안의 작은 항구도시 카시스에서) 그 당시 호텔 방의 내 책상에는 온통 「1914년 여름」과 「에필로그」의 집필을 위한 노트가 펼쳐져 있었다. 옛 몸체에 새로운 계획이 접목되었던 것이다. 이제는 그 계획에 따라 마지막 네 권을 쓰는 일만이 남아 있었다.

「1914년 여름」 세 권은 1936년 11월에 출간되었다. 「에필로그」의 발매는 전쟁의 발발로 인해 연기되었다가 1940년 1월에야 비로소 출판되었다.

『모모르 중령의 수기 Le Lieutenant-Colonel de Maumort』

앙드레 지드가 타계한 다음 날, 그에 관한 몇 가지 추억을 모아서 작은 책자를 펴낸 것 이외에 1940년 이후로 나는 아무것도 출판한 것이 없다. 따라서 이 자전적 노트는 여기에서 멈추었으면 한다. 그리고 15년 전부터 내가 무엇을 하며 지냈는지를 물어오는 사람들에게 해줄 대답으로 『라 공플La Gonfle』의 성당 관리인인 늙은 앙도슈의 입을 빌렸으면 한다. "이 사람들아, 내가 뭘 하고 지내느냐고? 흠, 늙어가느라고 정신이 없다네…. 별것 아니야. 그러노라면 시간 가는 줄 모르지!"

그런데 『티보가 사람들』의 마지막 권이 출판된 이래 무위도식하면서 살고 있다고 해도 무방할까? 약간은 내 자존심에 관한 문제가 될지도 모르겠다…. 차라리 1941년에 구상한 비현실적인 계획을 추구하면서 15년을 보냈다고 하는 편이 솔직한 고백이 되겠다. 나는 세상을 하직하기 전에 『모모르 중령의 수기』라는, 오랜 시일을 요하는 작품을 성공적으로 끝마칠 수 있기를 기대했다. 그것은 매력적이면서도 대담한 시도였다. 하지만 내 나이를 생각해서도 그렇고, 내 작업 능력을 보아서도 그렇고 적합한 시도는 아니었다.

지난 몇 년 동안 매우 끈질긴 노역을 하면서도, 그사이 일을 너무 자주 중단한 탓에(외부의 사건도 있었지만, 이런저런 내 개인적인 사정과 최근 빈번해진 건강상의 문제 때문이기도 하다.) 지금에 와서는 어쩌면 단념을 감수할 수밖에 없으며, 이것이 결정적일 수도 있겠다.

나의 헛된 노력, 우유부단함, 계획의 잇단 변경, 희망과 실의에 차 있던 시기 등에 관한 이야기를 쓴다는 것은 무척 고통스러운 일일지 모른다. 게다가 내 인생에서 바로 그 시기야말로 실패로 점철된 때가 아닌가 싶기 때문이다. 그것을 감추는 것처럼 괴로운 일은 없을 것이다.

어쨌든 나는 기억을 되살리기 위해 나의 『일기』와 지드와 교환한 편지를 뒤져보았다. 지드는 내가 내 일의 진전과 지연을 어김없이 알려주었던 유일한 친구이다. 그런데 이런저런 사실을 있는 그대로 모아서 소개한 이 발췌의 글들이 나의 작품과 토론을 벌이며 회고적인 요약의 글을 쓰는 것보다는 덜 무미건조할 뿐 아니라, 더 충실하고 더 직접적인 어조를 띠며 더 생생한 기록이 되리라 생각했다.

따라서 발췌 문헌을 주석 없이 연대순으로 기재하겠다.

다음의 글은, 말하자면 『모모르 중령의 수기』의 수기가 되리라.

1940

앙드레 지드에게 보낸 편지

벨렘, 1940년 2월 10일

벗에게,

…나의 '큰 주제'를 단념해야 했습니다. 당신에게 말씀드렸던가요? 노쇠와 극도의 실의, 자폐 상태 등을 주제로 한 책을 쓰고 싶었습니다. 그런데 나는 조금도 늙지 않았고, 전혀 의기소침하지도 않습니다. 생각했던 것보다는 부조리하지 않은 유럽이 태어나는 것을 보고 커다란 희망을 품고 있습니다. 그래서 서인도제도에서부터 가방 속에 넣어온 이 절망적인 주제를 취급하는 것이 완전히 무의미해졌습니다…. 퍽 우스꽝스럽지만 일이 그렇게 되었습니다. 젊은이들한테 받는 편지 덕분에, 그리고 재건을 단단히 결의한 몇몇 집단의 왕성한 지적 활동을 보여주는 여러 잡지 덕분에 큰 용기를 얻고 있습니다. 내가 건강해서일까요? 나는 오히려 낙관적입니다….

벨렘, 1940년 4월 8일

…자기 자리를 찾고 있는 개처럼 나는 아직도 일의 '주위를 맴돌고' 있습니다. 사태가 매우 위험하게 돌아가고 있습니다. 사람들은 두 어깨가 짓눌리고 있음을 느끼고 있고, 아무 일도 없었다는 듯이 콩트 작가의 소소한 삶을 계속해 나갈지도 결심하지 못하고 있습니다…. 오늘 나의 하루는 덴마크와 노르웨이의 침략으로 온통 정신이 없습니다. 일을 한다고 해서 한 줄이나마 쓸 수 있을까요? 나의 옛 지도책을 몇 번이고 뒤적거렸습니다….

일기

니스, 1940년 11월 21일

…내 마음속의 **소설가**는 과거에서만, 추억에 의해 재창조된 세계에서만 안심하고 살아간다. 그로 인해 내 작품에다 최근의 여러 가지 사건이나 경험이나 광경 따위를 이용하는 것이 불가능하다. 거기에서 또한 나의 방식이 유래된다. 즉 조잡한 초고를 한동안 내버려두는 것이다. 다시 그 초고를 손질하게 될 때에는 전에 막연히 상상하거나 언뜻 보았던 장면들이 개인적이면서도 진정한 '추억'을 숱하게 불러일으킨다. 때문에 나는 그것을 되살리고자 무척 애를 쓴다.

1941

일기

니스, 1941년 3월 23일

오늘로 예순 살이 되었다.

금년에는 눈에 띄게 부쩍 늙었다는 느낌이 무엇보다도 앞선다.

거의 일 년 전부터 마치 덤으로 살고 있는 듯한 느낌이다. 인생을 퇴직해서. 나는 유럽이 쇠퇴하든지 아니면 안정되기를 바라며, 물질적인 생활이 재편성되어, 글을 쓰고 싶은 욕구가 나를 다시 일할 수 있게 했으면 한다. 어떤 날은 나에게는 모든 것이 끝났다는 생각, 사태에 대처하지 못하고 끌려만 간다는 생각, 새로운 세대들을 흥미롭게 할 수 있는 이야깃거리가 전혀 없을 것이라는 생각을 한다. 이것은 의기소침에서 오는 생각이 아니다. 침착하게 검토한 사고이며, 회한보다는 냉철한 검증과 이성적 성찰이 가미된 사고이다…. 나의 창조적 능력이 심하게 타격을 받은 것 같고, 나의 상상력은 고갈된 듯하다. 아니다. 꼭 그런 것은 아니다. 나의 상상력이 등장인물들에게 여전히 생명력을 부여할 수 있을지도 모른다. 그러나 나는 그런 가상의 이야기에 더 이상 흥미를 느낄 것 같지 않으며, 또한 그것을 믿을 것 같지도 않다. 내면의 불은 꺼졌다. 이 불은 인위적 수단이나 의지의 힘이나 강제성에 의존하지 않고서는 더 이상 되살아나지 않으리라. 그게 무슨 소용인가? 나는 문학가가 아니다. 쓰기 위해서 쓰는 것, 그것은 안 된다! 창작 활동을 계속하며, 기어이 살아남기 위해 몹시 고생하는 일은 없을 것이다…. 그리고 뭔가 방대하고 새로운 문학적 계획에 사로잡혀 매진하는 일은 앞으로 거의 없을 것이다….

니스, 1941년 5월 2일

며칠 전부터 건강이 좋지 않다. 장염이 악화된 것이다. 의사의 말로는 배달되는 빵의 질이 나쁜 탓이라고 한다. 결과는 뜬눈으로 새운 며칠 밤. 그러나 예상 밖의 놀라운 결과! 지난밤 잠을 못 이루는 동안 내 머릿속에서 한 작품의 전체 계획이 이루어진 것이다. 바로 「모모르의 수기」이다.

몇 달 전부터 애타게 찾고 있는 '주제'와 모든 점에서 일치하는 방대한 작품에 다시 뛰어든 오늘, 미망迷妄에서 깨어난 느낌이다. 아, 그처럼 헛된 무위無爲에서 벗어나 일의 보금자리를 드디어 다시 찾아낸다면 얼마나 좋을까! 나는 진심으로 그렇게 되기를 바란다. 1940년부터 여러 작품을 시도했지만 얼마 안 가서 모두 포기했다. 오늘에야 비로소 '주제'를 찾아낸 느낌이 드는 까닭은 「모모르의 수기」라면 내가 맞닥뜨렸던 모든 어려움을 해결해주리라고 믿기 때문이다. '대단한' 작품일 것이다. 따라서 자신에게 벌과罰課를 과한다든가, 병 밑바닥에 들어앉아 범선을 만드는 것 같은 무력감 없이 그 일에 헌신할 수 있을 것이다….

니스, 1941년 5월 11일

…머릿속에서 구상하고 있는 큰 계획이 점점 더 구체화되

고 있다. 모모르를 훌륭한 인간상으로 만들 수 있을 것으로 믿는다…. **모범적인** 인간상으로서 나의 유작遺作이나 다름없을 것이다.

에비앙, 1941년 7월 16일

…진지하게 일을 시작했다.

간단히 말해서 나를 사로잡고 있는 새로운 주제는 다음과 같이 요약할 수 있다.

퇴역한 늙은 중령이 오른 지방의 '사이앙'(다름 아닌 테르트르를 지칭한다.)이라는 영지에서 살고 있었는데, 1940년 6월에 독일군의 침공으로 그곳이 점령당한다. 독일군 도착 전날, 지나치게 신중을 기한 나머지 그는 40년 전부터 써오던 「일기」를 파기해버린다. 점령군에게 점거된 자기 거처의 익면翼面에 처박혀 그는 즉시 일기를 다시 쓰기 시작한다. 거처에서의 자발적인 '포로 생활'과 사태에 직면한 매일매일의 반응을 쓴 일기를. 파란만장한 생애의 미미한 삽화적 사건까지 그날그날 기록했던 일지를 너무 조급하게 불태워버린 것을 몹시 애석하게 여겨, 과거의 숱한 추억을 펜 가는 대로, 상상과 기억에 따라 (말하자면 연대순을 고려하지 않고) 떠올림으로써 가능한 한 그 손실을 보상해보려는 것이다.

이상이 첫 번째 주제이며 출발점이다. 늙은 모모르 중령이 점거된 집에서 일상생활을 기록한 일기를 통해 자신의 기이한 인물상을 조금씩 묘사해 나갈 뿐 아니라, 자기 생애의 특기할 만한 사건들의 발자취를 보존하기 위해 여러 가지 이야기를 흥미 있게 써서 독자에게 하나의 완벽한 자서전적인 내용을 제공하는 것을 골자로 하고 있다.

풍요로운 주제를 택했다고 생각한다. 여기에서는 모든 것을 찾아볼 수 있다. 현황에 대한 온갖 종류의 생각, 세상과 인생에 관한 교양 있는 노인의 명상, 그와 안면이 있는 사람들의 초상, 그가 경험한 바 있으면서 소상하게 즐겨 이야기하는 모험담. 거리낌 없이 털어놓는 속내 이야기, 세상에 홀로 남아 있기에(그의 아내는 세상을 떠났고, 두 아들은 1914-1918년의 전쟁에서 전사했다.) 모든 것을 숨김없이 말하는 70대 노인의 자유로운 회고.

오랜 시일을 요하는—다시 말해 끝이 없는—작품으로서, 이전의 내 모든 계획, 모든 메모, 또한 세계 정세를 대하는 나의 개인적인 생각을 돋보이게 할 수 있다.(이것이 하나의 암초가 될지도 모르겠다. 모모르는 그 자신으로서 존재해야 한다. 모모르는 나와는 전혀 다른 인간이어야 한다. 비록 정신의 형성, 귀족적인 유전, 군인 생활 따위에 국한될지라도. 그렇게 함으로써 어떤 식의 '큰 인물상'이 될지 나는 이미 잘 알고 있다. 『장 바루아』의 뤼스의 전통을 계승했지만, 리요테 원수元帥와의 혼혈(상류 계급의 인사라는 면에서)로 매우 프랑스인다우면서, 정신과 인습의 자유로운 면을 지니고 있다는 점에서는 매우 18세기적인 인물이다.)

그러나 한 페이지로 요약될 문제는 아니며, 구현해야 한다. 그런데 그것이 뭐니 뭐니 해도 무척 힘들다….

에비앙, 1941년 7월 30일

일의 출발이 순조롭다.(현재로서는 질은 문제가 되지 않는다.

우선 줄거리를 짜고 인물을 설정한 다음, 그 인물을 위치시켜야 한다. 일을 해 나가면서 수정을 하고, 그리고 시간이 흐르다 보면 질은 보충될 것이다.) 아주 특이한 용모를 갖추고 있으면서, 장차 기품 있어 보일 인물을 창조하는 것이 불가능하게 여겨지지는 않는다.

일하는 데 다시 취미를 붙였다. 친구들이 없다고 해서 조금도 쓸쓸하게 느껴지지는 않는다. 장 자크*는 그의 에르미타주 마을 체류에 관해 『고백Confessions』에서 다음과 같이 썼다. "나는 변함없고 평온한 생활을 영위하고 있다. 너무 강렬한 애정의 매력에서 탈피하여 그것의 속박에서 벗어났던 것이다."

에비앙, 1941년 9월 17일

어떤 절박한 편지를 받지 않는 주週가 없다. 그 때문에 모든 일을 그만두고 싶을 때가 한두 번이 아니다! 어떤 사람들은 나에게서 어떤 종류의 것인지는 몰라도 '메시지'를 기다린다고 하는데 그 태도라니! 예언자나 지도자의 역할을 예술가들에게 애써 부여하려 하다니! 터무니없는 일이다! 대기 상태에 있다는 느낌이 든다. 그렇다, **숲의 한 귀퉁이에서!**

에비앙, 1941년 10월 3일

한 달 전부터 쉬지 않고 열심히 일을 계속하고 있다. 그렇지만 노동에 비해 결과는 보잘것없다. 소설의 서두를 위해 역사적인 풋말을 꽂는 것으로 그쳤기 때문이다. 1940년 6월에 모모

* 장 자크 루소(Jean-Jacques Rousseau, 1712-1778).

르가 일기를 다시 쓰기 시작하는데, 그것은 여러 가지 사건(프랑스 전선, 침입, 페탱,* 휴전 따위)을 기록하기 위해서이다. 그런데 이 일기가 차츰 다른 모습을 띠어간다. 즉 한 사람의 반영, 그다음엔 어떤 사람의 과거의 반영, 오랜 인생의 반영으로. 비로소 내 소설이 무엇인가 가치를 지니기 시작할 것이다. 그렇지만 역사적 요약 작업은 필수적이다. 이것은 첫머리 전체의 뼈대이기 때문이다. 그래서 1940년 6월과 7월을 다시 생각해보고 있다. 우선 신문은 말할 것도 없고, 손에 넣을 수 있는 문헌이란 문헌은 모조리 지겨울 정도로 샅샅이 검토해야만 했다. 그러고 나서는 모모르의 마음을 사로잡는 사건들, 다시 말해 중요성을 지닐 뿐 아니라 그의 점거된 성城의 깊숙한 곳에서도 모모르가 사실인지 거짓인지를 구분할 수 있었던 사건들을 그 안에서 선별해야 했다. 그것 이외에도 그의 주석과 견해를 덧붙인다. 그런데 그것은 나에게 대단히 힘든 작업이다. 왜냐하면 나의 주인공은 아직 뚜렷하게 창조된 인물이 아니기 때문이다. 나는 아직 그를 잘 알지 못하며, 그를 자세히 살펴보지도 않았다.

내가 앞으로 주인공에게 정말로 전념할 수 있고 소설가로서의 역할을 시작할 수 있는 것은 이 역사적인 골조를 전부 완성했을 때이다. 그렇지만 미래의 이 일을 나는 계속 생각하고 있다. 지금의 이 일을 계속하면서도 훗날을 위해 노트를 모으고 있다. 나의 주제에 몹시 집착하고 있음을 느낀다. 이 작품이 마침내는 어떠하리라는 것도 벌써 짐작하고 있다. 현재의 내 작

* 필리프 페탱(Philippe Pétain, 1856-1951) 장군.

업은 지하의 기초공사에 불과하다.

기묘한 우연이다. 스위스인인 베르투 양이 낭만주의 시대의 스위스인 화가인 레오폴드 로베르에 관해 연구한 것을 읽었다. 거기에 다음과 같은 글이 쓰여 있다. "재능이란 지칠 줄 모르는 노력에 의해서만 고양된다는 것을 그는 알고 있었다. 그의 그림의 표현력은 사고의 표현력과 마찬가지로 언제나 분명치 않았다. 그러나 그는 그것을 부각시키기 위해 초인적인 인내심과 집요한 끈기를 발휘했다. 그는 이렇게 생각했다. '각자 나름대로 일하는 방식이 있는 법이라고.'"

니스, 1941년 12월 31일

6주 전부터 '모모르' 때문에 큰 어려움을 겪고 있다…. 내가 과연 이 엄청난 규모의 과업을 끝까지 이어갈 수 있을까?

1942

일기

니스, 1942년 2월 18일

…최근 몇 주 동안 일을 '중단'한 것은 준비가 부족했던 탓임을 깨달았다. 나의 주인공을 아직 너무 잘 모르고 있다.(등장인물에 대한 충분한 지식 없이 소설을 시작하는 소설가는 일에서 불편을 겪을 수밖에 없다. 그러나 일 자체는 그가 곤경에서 벗어나게 도와준다. 그가 묘사하는 에피소드는 등장인물들을 명시해주고, 그들에게 생명력을 부여한다…. 그러나 내 경우는 전혀 다르다. 내가 쓰고 있는 것은 진정한 의미의 소설이 아니다. 이것은 하나의 일기이다. 따라서 모모르의 성격을 충분히 확립하지 않고 일을 진척시키다 보니 인칭대명사 '나'의 사용과 '일기'의 형식을 나도 모르는 사이에 내 이름으로 쓰게 되었고, 내가 모모르를 대신하기에 이르렀다. 그런데 그것이 점점 더….)

그래서 대단한 결심을 했다. 즉 과거로 되돌아가서 나의 중령의 탄생에서부터 일흔 살까지의 **전기**를 아주 세부적인 것까지 미리 써야겠다는 결심을. 순전한 예비 작업으로서, 어쩌면 수개월이 걸릴지도 모르겠다. 그러나 결국 내 소설을 효과적으로 시작하는 데 필요한 토대를 제공해주리라. 사실 이 전기를 일단 완성하고 나면, **내 인생과는 다른** 또 하나의 인생의 모든 짐을 짊어지게 될 것이고, 그렇게 되면 나로서는 방향 전환을 못하게 될 뿐 아니라, 내 인격을 모모르의 인격으로 슬쩍 바꾸는 것도 불가능해질 것이다.

벌써 이러한 결정의 바람직한 결과가 느껴진다. 아직까지는 유년 시절에 머물러 있지만 어느새 모모르라는 인물이 어린 시절의 불분명함으로부터 차츰 벗어나고 있다. 이처럼 나는 새로운 방향으로 힘차게 전진하고 있다. 내가 거기에 바치는 시간은 문제가 되지 않는다. 작품 전체를 위해서는 필요 불가결한 요건이기 때문이다.

(나와 모모르를 어찌나 혼동하고 있었던지 지금 그가 테르트르에서 생활하고 있는 것으로 착각할 정도이다!…)

니스, 1942년 3월 17일

현재의 일에 관해 내가 하고 있는 실험은 내용과 형식의 분리에 대한 내 생각을 잘 반영해주고 있다.

작년 11월, 클레베르 에덴스의 『소설에 관한 역설Paradoxe sur le roman』을 읽으면서 이 점을 주목했다. 여전히 형식과 내용에 관해 끝없이 제기되는 과제. 에덴스는 그 둘을 분리해서 생각하는 것은 불합리한 것으로 여기고 있다. 그런데 나는 분리해도 된다고 완강히 주장하고 있으며, 또 그렇게 하고 있다. 그렇지만 그렇게 해야 한다고 말하도록 나를 몹시 밀어붙이지 않았으면 한다. (지드의 경우를 생각해본다. 그가 일하는 것을 보고 알았는데, 형식과 **함께** 언제나 생겨나는 사상의 위험을 나는 생생하게 포착했다. 그는 그 사실을 알아차리지도 못한 채 얼마나 상투적인 이야기를 되풀이했던가! 형식의 질이라든가 리듬 같은 형식적 성공이 내용의 빈약함을 감춰주었기 때문이다. 최근의 예를 보자. 『가상의 인터뷰Interviews imaginaires』에서 그가 표현하고 있는 아이디어의 대부분에 지드식 형식이 없다면 무슨 가치가 있겠는가?)

내 생각에 내용과 형식은 토끼 고기와 거기에 친 소스와 마찬가지로 별개의 것이다. 토끼 고기가 스튜 요리에서 생기는 것인가? 우선 토끼 고기가 양질이라는 것을 확인해라. 병들고 늙은 토끼 고기에 맛있는 소스를 치는 것으로 만족하지 말 것!

그런데 모모르의 전기를 정성스레 집필하면서 나는 지금 무엇을 하고 있는가? 내용에 열중하고 있으며, 내용을 견고하게 작성하고 있다. 그런데 어째서 모모르의 60세 때 일기부터 시작하는 미숙한 실수를 범했던가? 왜냐하면 이번만은 형식을 내용에서 분리하는 것을 그만두고, 일거에 내 작품에 형식을 부여하는 동시에 내용을 발전시켰으면 하는 기대를 갖고 있었기 때문이다.

내 방법의 진가를 이번에도 인정하게 되었다. 적어도 나에게는 의미가 있다. 내용에 매달린 이래로, 다시 말해 나의 주인공을 창출하고, 주제를 깊이 연구하고, 모모르의 일기에 삽입할 모든 것을 아주 명확히 규명해서 축적하는 일에 몰두한 이래로, 나는 유익한 일을 하고 있다. 다시 말해 토끼를 선택했으니까 그 가죽을 벗겨 고기를 썰어야겠다. 토끼 고기가 전부 준비되어 눈앞에 놓이는 즉시 소스를 마련하겠다…. 모든 것이 준비되기 전에는 하지 않겠다.

니스, 1942년 4월 15일

…이 일이 내 생활에서 날이 갈수록 더 큰 비중을 차지하고 있다. 『모모르 중령의 수기』라는 대작을 쓸 수 있을 것 같다. 점

점 확대되어가는 계획. 아직 말하고 싶은 모든 것, 서랍 안에 있는 실패로 끝난 미완성의 원고 전부를 아주 뚜렷한 성격을 중심으로 한 이 방대한 구성 안에 포함시킬 수 있을 것 같다. '전서적全書的 작품.' (모모르의) 생활과 체험의 총체. 40년 전부터 쌓아온 수천 매 노트의 이용. 인류의 두 세대 간의 완전한 분열을 눈앞에 둔 한 세대의 유언서.

…플로베르는 『감정 교육L' Éducation sentimentale』을 쓰다가 어느 날 밤, 파리의 어느 건물 앞에서, 어느 국민군 대대가, 그리고 이 대대의 어느 중대가 경비를 하고 있었는지를 알기 위해 관청의 기록들을 조사했다…. 나도 플로베르처럼 그런 식의 연구에 전념하면서 현실성을 절대적으로 (그와 마찬가지로) 배려하며 따르고 있다. 나는 생명이 있는 인물을 창조하기 위해서는 그의 공적 생활과 사적 생활의 구석구석까지 알고 있어야 한다고 생각한다. 예를 들어 리요테 원수의 참모본부에서 모모르가 겪은 모로코 전선에 관한 기억이 역사적 관점에서 볼 때 아주 세부적인 일에서도 나무랄 데 없이 정확한지 따위는 별로 중요하지 않다. 그러나 하나의 엄밀한 역사적 진실에 모모르를 접목시킴으로써 그에게 더 명확한 현실성, 일종의 구체적인 견실함과 동시에 더 큰 인간적 진실함을 부여하게 된다. 내가 지금 작성하고 있는 그의 전기의 역사적 정확성 덕분에 그의 심리적 진실의 초점을 맞추는 일이 용이해진다.

앙티브 갑岬, 1942년 5월 15일

사흘 전부터 여기에 와 있다…. 전적으로 작품에 몰두할 수 있을 것이다.

이와 같은 고난의 시기에 삶의 이유를 마련해주는 이 방대한 계획을 머릿속에 그리고 있는 나는 특권을 누리고 있는 느낌이다. 세계 정세에 대한 일상의 근심이 머리에서 떠나지 않지만, 지금 마음속에 깊이 자리 잡고 있는 것은 나의 일이다. 그러나 함정에 빠진 느낌이다…. 앞으로 내게 남아 있는 삶의 시간을 결정적으로 설계라도 한 것처럼 일종의 마음의 평정마저 자주 느낀다. 확실히 이것은 한없이 확대시키고 보완할 작품이다. 내 생각으로는 결코 완성될 작품이 아니다. 여하간 아무 때고 내 죽음으로 인해 중단될 수 있는 작품이다. 따라서 출판업자가 다음과 같이 마지막에 말줄임표와 주석을 다는 것으로 충분할 것이다. "○월 ○일 밤, 뇌충혈로 인해 『모모르 중령의 수기』의 원고가 여기에서 끝남…."

(여하간 나의 작품은 내가 이 세상을 하직하는 순간에야 내가 질질 끌고 있는 준비 단계에서 벗어날 것이다!)

앙티브 갑, 1942년 6월 12일

건강 상태가 썩 좋지 않다.(식량 배급제가 실시된 지난 2년 동안 체중이 약 19킬로그램이나 줄었다!)

…이 방대한 계획은 나와 미래, 나와 노쇠, 나와 다가오는 죽음 사이에 놓인 스크린 같다. 파스칼의 이런 끔찍한 생각을 헤아려본다. "우리는 심연을 보지 않기 위해 우리 앞에 무언가를 놓은 다음, 심연을 향해 태평스럽게 달려간다."

앙드레 지드에게 보낸 편지

앙티브 갑, 1942년 6월 20일

…꾸준히 일을 한 덕분에 마침내 상당한 성과를 거두었습니다. 그러나 나의 '방법'이 절대적이며 필요한 것이기는 하지만 이번에는 확실히 주제에 얽매여 있어 몹시 혼란스럽습니다. 나는 미켈란젤로처럼—천사를 만들고자 하는 그처럼—일을 처리하고 있습니다. 로마 교황의 시스티나 성당의 천장화天障畵를 시작하면서 한꺼번에 모든 부분을 시도하려는 미켈란젤로처럼. 그처럼 늙은 모모르 중령의 전기 전부를 계획하고 있습니다. 물론 그의 전기뿐 아니라, 그의 삶 어느 시기에서 어떤 역할을 한 중요한 인물들의 전기도 포함됩니다. 이 일은 재미가 있습니다. 내가 쓴 것을 다시 읽어보지 않고 번호를 매긴 종이에다 머리에 떠오르는 것을 모두 차근차근 적으면서—번호가 무려 200번에 이를 때도 있습니다—『회상록』을 쓸 때 훗날 상술해야 할 것은 모두 하루 종일 만들어내고 있습니다.

나는 이번 여름 이곳에서 뜻하지 않게 누리고 있는 마음의 평정의 시기를, 그리고 생각하고 창조할 수 있는 이와 같은 적절한 정신 상태를 십분 활용하고 있습니다. 이런 기회가 드물뿐 아니라 둘도 없이 소중하다는 것도 너무나 잘 알고 있습니다. 그래서 앞으로 이용할 비축물들을 확보해놓고 있습니다. 장차 내 작품의 여러 가지 요소를 거기에서 끌어낼 수 있을 것입니다. 또한 그것을 통해 주인공의 **통일성**을 확보하게 되겠지요. 앞으로 딛고 나아가야 할 지반을 다지고 있습니다. 그런데 그 지반이 지난겨울 내내 참으로 불안정했고, 심히 움푹 파여 있었습니다…. 그래서 무엇인가 긴요한 것을 해야겠다는 생각에 거기에 전적으로 매달려 있었던 것입니다.

웃지 마십시오. 마치 30대의 강건한 체력을 지니고 있는 것처럼 행동하고 있는 것은 사실입니다. 그러나 나로서는 선택의 여지가 없습니다. 이처럼 방대한 주제가 마음속에 자리 잡은 이후로 나에게는 그것이 전부이거나 아무것도 아니거나 둘 중의 하나가 있을 뿐입니다. 내가 계속 삶을 살아가고, 우리의 삶이 최소한의 안정을 가져다준다면, 그리고 아직 몇 년 동안 일을 계속 할 수 있다면, 이 위험한 내기에서 이길 수 있을 것입니다. 그렇지 않다면…. 실현되지 않은 이 아름다운 꿈을 영원히 가지고 떠나겠습니다. 그렇게 되면 참으로 유감스러운 일이겠지요. 당신에게만 살짝 말씀드리는 것입니다. 왜냐하면 이 마지막 작품을 구체화시키는 일에 성공한다면 내 저서에 상당한 무게를 실어주리라 믿기 때문입니다….

일기

앙티브 갑, 1942년 7월 16일

여전히 일에 파묻혀 있다. 쓴 것을 다시 읽어보는 일 없이, 머리에 떠오르는 것을 아무렇게나 늘어놓았다. 내가 차츰 어린 시절부터의 모모르가 되어간다. 모모르 자신과 마찬가지로 그의 삶을 통해 일어난 일은 모두 내가 알고 있어야 한다. 그의 기억의 중심에서 안심할 수 있는 유일한 방법이다.(물론 모모르는 내가 만들어내는 것을 모두 '기억하지는' 못할 것이다. 다만 어떤 중요성을 띤다든가 어떤 특별한 의미를 지니는 몇 가지 사실만은 기억할 것이다.)

앙드레 지드에게 보낸 편지

앙티브 갑, 1942년 7월 26일

그리운 벗이여,

당신 일기의 발췌문이 들어 있는 편지에 회답도 않고 3주나 지났습니다. 그런데 그 편지 때문에 내가 얼마나 기뻤고, 며칠을 얼마나 흥분과 환희 속에서 지냈는지 어떻게 설명하면 납득하실까요? 하지만 그것은 사실입니다.—실은 모모르를 두고 말하는 것입니다—생레오나르 중학교의 생도였고, 한창 힘든 '짓궂은 사춘기'를 겪고 있었습니다! 그리고 우리 둘은 성性 문제로 할 일이 무척 많았고, 병원에서 말하듯 '응급 환자'의 경우를 제외하고는 일을 놓지 않았습니다. 그래서 당신에게 쓰려던 편지를 차일피일 미루어왔던 것입니다….

아아, 하루하루가 너무 짧습니다. 그리고 아무런 제약 없이 오로지 일에만 파묻힐 수 있는 축복받은 이 여름이 '흘러가는 것을 멈추었으면' 합니다!… 하루에 적어도 네다섯 시간씩 쉬지 않고 일을 계속한 지가 2년이 되었습니다. 그런데 모모르는 아직도 열일곱 살이 채 안 되었습니다! 메모는 점점 쌓여갑니다. 다른 일은 아무것도 생각할 수가 없습니다. 자료를 쌓아두면서, 언젠가는 그 자료를 가지고 '대단한' 책 한 권을 만들기를 기대합니다. 그리고 어느 베네딕트 수도원에 은거하여 죽는 날까지 유감없이 일을 할 수 있었으면 합니다….

일기

앙티브 갑, 1942년 8월 18일

생각하며 창조하고 있다. 대단한 흥미를 갖고.

(**나 자신과는 전혀 관계가 없는**) 일흔 살 노인의 추억을 더듬으며 소재를 얻기 위해서는 하나에서 열까지 만들어내야 하고, 그의 기억—그것은 **가상의** 기억으로서 그의 긴 생애의 온갖 추억으로 가득 찬 것—을 내가 좌지우지할 수 있어야 한다. 그때에야 비로소 진정한 작업이 시작될 것이다. 나를 위해서와 마찬가지로 모모르를 위해서 가장 명확한 질문에는 말할 것도 없고, 가장 조심성 없는 질문에도 빠짐없이 대답할 수 있어야 한다…. 이러이러한 해의 휴가는 어디에서 어떻게 보냈을까? 이러이러한 시기에는 무엇을 하고, 어떤 생각을 하고 있었을까? 그의 할아버지의 하인 이름은 무엇이었을까? 중학교 2학년 때의 선생님은 어떤 분이었을까? 이런 모든 질문에(그리고 다른 더 중요한 많은 질문에도!) 내가 대답할 수 있을 때에야 비로소 늙은 모모르가 완벽한 과거와 짜임새 있게 설정된 인격을 갖추게 될 것이다. 그때에야 자신의 회상록을 시작할 수 있을 것이다…. 현재 내가 설계하고 있는 생애는 자의적인 것이 아니다. 즉 모든 사건이 서로 관련이 있고, 상호 의존적이어서 정당화될 수 있는 것이다. 그렇게 함으로써 동시에 성격을 한정 짓게 된다.

그는 이제 겨우 열여덟 살밖에 되지 않았다. 그런데 촘촘한 글씨로 쓴 원고지는 어느새 산더미 같다. 청소년기, 그리고 그들의 교육 기간과 특히 '성적 연령'의 시기에 많은 배려를 했다.

만일 내가 내일 죽는다면 사춘기의 성에 관한 연구서를 쓸 계획이었다고 사람들이 믿을지도 모르겠다! 사실 모모르는 성性의 문제를 매우 중요시한다. 그리고 내 생각—그의 생각이기도 하지만—으로는 광범위하고 자유롭게 연구된 적이 한 번도 없는 현상(사내아이들에게 나타나는 사춘기의 현상)에 관해 성실한 증언을 하고자 애쓰고 있다. 그러나 그의 이러한 관심사는 다른 많은 관심사 중 하나에 불과하다. 내 작품을 결정지을 시간이 오기를 바란다. 그러면 모든 것이 공정한 비율을 유지하면서 정돈될 것이다.

앙드레 지드에게 보낸 편지

앙티브 갑, 1942년 8월 20일

그리운 친구여….

…이곳은 여전합니다. 즉 일에 대한 내 열정은 꺾일 줄을 모릅니다. 계속 자료를 축적하고, 모으고 있습니다. 이 모든 것을 활용할 일이 남아 있을 뿐이지요. 그런데 옳건 그르건 간에 이 일을 완성하는 데 시간과 건강이 허락한다면, 내 마음을 불안하게 하는 것은 미래의 이 일을 어떻게 구성하여 이용할 것인가 하는 문제가 아닙니다. 아직 얼마간은 짐승의 고기 파이를 요리할 수 있다고 믿고 있습니다. 보다 더 걱정스러운 것은 사냥감을 뒤쫓아 가서 잡을 기력이 있느냐 하는 것입니다. 따라서 지금으로서는 사냥을 해서 그것을 갈고리에 매다는 것 말고는 아무 일도 하고 싶지 않습니다. 들짐승이건 날짐승이건 상관없습니다. 매일 사냥 망태를 가득 채울 일만 염두에 두고 있

습니다. 내가 생각했던 것보다 **발명할 것**이 더 남아 있습니다.

앙티브 갑, 1942년 8월 30일

…역설적이기는 하지만 지난 석 달은 내 생애에서 가장 보람 있는 시기였습니다…. 일하는 것이 이렇게도 쉽고 편안해본 적이 없으니까요. 한 작품의 미래에 이토록 기대를 걸어본 적도 없습니다. 사실 나는 사람들이 작품을 실제로 실현하지 않고 구상하는 그런 환상적인 시기에 놓여 있습니다. 일이 이토록 순조롭게 되어가는 이유는 엄격한 구성을 요구하지 않고 있는 그대로의 사실을 받아들이는(심지어는 혜택을 보는) 작품의 성격 자체와 그것의 장르 때문이 아닌가 싶습니다. 몽테뉴도 그의 『수상록Les Essais』을 시작할 때 이런 종류의 행복감을 틀림없이 맛보았을 것입니다.(그리고 당신도 당신의 수첩과 함께. 난산으로 낳은 『사전꾼들Les Faux-Monnayeurs』에 당신의 '일기'를 쓸 때 당신을 사로잡았던 격정과 비교해보세요!) 또한 시비를 떠나 유작을 써야겠다는 확신을 갖고 있고, 덕분에 일종의 열광적인 **자유**를 만끽하고 있습니다. 이것은 홀로 마음속 깊이 사색할 때 갖는 자유입니다.

앙드레 지드에게 받은 편지

시디 부 사이드, 1942년 9월 3일

…아! 적어도 자네는 일하고 있다는 것을 아는 것으로, 그 사실을 끊임없이 나 자신에게 되뇌는 것으로 내가 얼마나 위안을 얻는지 모른다네….

…그런데 자네가 작품을 구성하고 문헌을 고증하고 발명하는 일과 병행해, 아니 **거기에다가** 자네의 중령이 그의 영감에 따라 생각해낸 몇 페이지를 쓰게 해야 할 것 같네.(이미 자네는 그것을 해낼 만한 준비가 충분히 되어 있네.). 다만 자네가 거절하지나 않을까 걱정스럽군. 그리고 그 여러 페이지에 걸쳐서 들어 있는 '말투'를 자네가 훗날 또 되살려내기 위해서는 대단한 노력을 기울여야 할지도 모르겠네. 거침없는 표현을 용서하게나!

일하게, 그리운 친구여, 일하게. 우리 중에 가장 훌륭한 사람이 이 전 세계적인 재난에 무엇인가 영향을 미칠 것이라는 희망을 간직하세나….

일기

앙티브 갑, 1942년 10월 1일

화가 휘슬러*는 다음과 같이 단언했다. "그림은 작업에 이용된 여러 가지 수단의 흔적이 모두 사라졌을 때에 완성된다. 미술에서 색을 응용하는 것은 하나의 필요성에 기인하는 것이지 효력 때문이 아니다. 미술 작업에 잔존하는 모든 흔적은 일의 불충분함의 표시이다. 오직 일만이 일의 흔적을 지울 수 있다."

나는 경험을 통해 휘슬러와 똑같은 확신에 도달했다. 실패한 작품이 실패하는 것은 거의 예외 없이 일이 불충분했기 때

* James Abbot McNeill Whistler(1834-1903). 미국에서 태어나 주로 영국에서 활동한 화가이자 그래픽 디자이너.

문이다. 미술보다 문학에서 더욱 그러하다. 화가는 자기의 캔버스를 '혹사'할 수 있지만 작가는 자기의 원고를 '혹사'하지 않는다. **일의 손쉬움은 일을 꾸준히 함으로써 얻어지는 법이다.** 언제나 더 많은 일을 함으로써!

앙드레 지드에게 보낸 편지

앙티브 갑, 1942년 11월 1일

…우리는 약 열흘 후에 니스로 되돌아갑니다. 짐을 싸기 시작했습니다. 내 일거리의 무게를 헤아려보았습니다. **별것 아니면서도 엄청난** 양입니다. 노트와 미완성 초고만 가져가는데도 말입니다. 말하자면 훗날 작품으로 만들 원료만 가져가는 셈이지요. 그런 점에서 내 책은 내면적으로, 깊이에 있어서 많은 진전을 보았습니다. 인물들은 윤곽이 뚜렷해졌고, 사건들은 연대순으로 정확하게 합치되었습니다. 불확실하게만 존재하던 인물과 삽화에 내적인 생명력을 불어넣어 주었습니다. 확실히 이것은 소홀히 할 수 없는 일이지요. 그러나 기대에는 훨씬 못 미치고, 이 책을 실질적으로 **시작하기** 전인데도 아직 해야 할 일이 많습니다! 이 사실을 쓰면서도 낙담도 실망도 하지 않고 있습니다. 쓸데없는 것은 제거하고, 주제를 정리하는 한편으로, 가능한 해결책을 찾아서 명확한 점들을 고정시키고, 견고한 역사적 경위를 창조해야 했습니다. 나의 주인공에게 펜을 넘겨주기 전에, 그로 하여금 생각한 바를 분명히 말하게 하기 전에, 그의 추억에서 소재를 얻기 전에, 사람들이 나폴레옹이나 리요테 원수와 같은 실제 인물의 성격과 생애를 알고 있는 것처럼 그와

그의 생애를 자세히 아는 것이 필수적이었던 것이지요….

불행하게도 아직 이 예비 작업의 막바지에 이르지는 못했습니다. 적절한 수준에 이르렀다고 느끼기 전에 아직 그의 생애의 많은 시기를 명료하게 할 필요가 있지요. 두고 보십시오. 모든 재료가 본격적으로 쓰이기 전에는 재촉하지 마십시오. 때가 되면 우리가 생각하는 것보다 어쩌면 모든 것이 훨씬 더 빨리 진행될 테니 말입니다….

1943

일기

니스, 1943년 3월 23일

생일. 62세….

모모르 계획에 사로잡힌 지 꼭 2년이 되어간다. 무슨 행운인가! 세상이 이처럼 혼란에 빠져 붕괴하는 시기에, 대부분의 사람들이 탈선한 기차의 차량처럼 여기저기 흩어져 있고 모든 것이 범세계적인 재앙의 혼란으로 치닫고 있는 시기에, 나는 이처럼 일하는 안식처를 갖는 비할 바 없는 특권을 누리고 있으니…. 환상인가? 그럴지도 모른다. 그러나 의기소침과 고난으로부터 나를 보호해주는 환상이다….

니스, 1943년 4월 8일

심각한 혼란에서 오는 위기. 한 달 전부터 잠재해 있던 위기. 모모르의 전기를 위해 내가 선택한 형식이 문제가 되고 있다.(어째서 이 '회고'의 형식을, 즉 1인칭으로 이루어진 이야기의 형식을 택했던가? 어쩌면 「에필로그」에서 앙투안의 일기를 작성할 때 비교적 용이했던 것에 자극을 받았는지도 모른다….) 어쨌든 이 형식이 **행동하는** 등장인물들을 소개할 수 있는 가능성을 나에게서 앗아갔으며, 그들이 스스로 말하고 행동하게 하는 게 아니라 그들을 설명함으로써 나의 가장 천부적인 재능을 이용할 수 없게 되었다는 사실을 점점 더 깨닫게 되었다. 내가 할 수 있는 방법이라고는 독자가 내가 묘사하는 장면과 밀접한 관련을 맺게 하는 것뿐이다. 나의 인물들에게 생명력을 부여하기 위해서는 대체로 그들이 행동하고 말하게 하는 것으로 충분하다. 무리하게 인물의 성격에 주석을 달고 감정을 분석하다 보면 곧 당혹감을 느끼게 되고, 어색하게 그 난관을 벗어나곤 한다.(톨스토이파派에 속하는 것이지 프루스트파는 아니다….) 그런데 일기의 형식은 설명과 분석을 하지 않을 수 없게 만든다. 실제로 모모르와 같은 70대 나이의 사람이 청년기의 어떤 사건을 상기할 때 어떻게 구체적으로 떠올릴 수 있겠는가? 50년도 더 된 과거의 말과 동작과 구체적인 세부 사항을 있는 그대로 연상할 수는 없는 일이다. 따라서 그는 그것을 이야기로 엮는 것으로 만족할 수밖에 없다.

『티보가 사람들』 중에서 예를 들어보자. 「아름다운 계절」에서 사고로 다친 어린 소녀를 앙투안이 한밤중에 수술해주는데, 그 아이의 머리맡에서 앙투안과 라셸이 조우하는 장면을 묘사했다. 만일 「에필로그」에서 앙투안이 그의 일기에다 옛 추억을 기록하는 것처럼 내가 그 장면을 소개했더라면 그 에피소드는 과연 어떻게 되었을까? 회고적 형식이었다면, 「아름다운 계절」의 그 장면에 사실성을 부여하면서 돋보이게 하는 그 모든 '현실감'이 빗나갔을 것이다. 이러한 두 방법 사이에는 이야기하는 사실과 실제로 본 사건의 차이점, 다시 말해 영화의 영상을 보는 것과 그 영화의 비평을 읽는 것의 차이점과 똑같은 차이가 존재한다.

이러한 것을 확인하면서 혼란만 야기된다. 내가 잘못된 길로 들어선 것일까?

그런데 돌연 한 가지 해결책을 찾아낸 듯한 느낌이 든다. 아주 새로우면서도 매혹적인 해결책. 모모르의 생애를 이야기하기 위해 일기의 형식과 기억을 되살리는 방식을 포기하는 것. 그리고 일련의 중편소설을 써서 내가 「모모르의 수기」에서 상기하고 이야기하고자 했던 여러 사건을 차례로 등장시키는 것.

모모르는 그의 일기에서 이렇게 쓰고 있다. "나의 삼촌 에릭은 복잡한 인간이었다. 흔히 심술궂은 사람으로 알려져 있었다. 그런데 실은…." 만일 인물에 대한 세심한, 그리고 힘든 해설을 시도하는 대신, 여러 중편소설을 통해 잘 선택되고 매우 암시적인 몇몇 에피소드 중에서 에릭 삼촌을 자유롭게 표현할 수 있다면 오히려 얼마나 마음 편하고 색채 풍부한 팔레트를 사용하게 되는 것인가! 자기 집에 있는 에릭 삼촌. 사이앙에서 휴가를 보내는 에릭 삼촌과 그의 아내. 파리의 플뢰뤼스가에 있는 그의 작은 호텔에서 일요일마다 학교 친구들을 초대하는 에릭 삼촌. 그리고 르낭 씨와 텐 씨가 마르슬랭 베르텔로 씨와 이야기하는 것을 들으면서 숙모가 다과를 접대하는 것을 돕는 젊은 날의 베르트랑 드 모모르….

내가 아직도 이 새로운 계획을 정하는 데 주저하는 까닭은, 작품 속에 끼워넣었으면 하는 모든 부수적인 요소를 일련의 소설 안에 전부 배치할 기회를 갖기가 어려울 것으로 생각되기 때문이다. 즉 지난날, 오랜 세월에 걸쳐 잇달아 일어난 사건과 신기한 일을 겪은 한 70대 노인의 그날그날의 명상이 인생이라든가 인간, 사상, 제도 따위에 대해 남다른 견해를 갖는 것 모두를 의미한다.(하지만 나는 보잘것없는 '사색가'에 불과하니 이런 생각의 가치에 환상을 품어서는 안 된다….) 게다가 어떤 부수적인 요소 중에서 최상의 부분을 내 소설에다 삽입할 수 없으리라는 것은 분명한가?

··

…나는 여러 권의 독립된 소설을 다분히 생각하고 있다. 하지만 그것의 중심인물은 주로 모모르일 것이며, 부차적 인물들 역시 소설의 여러 시기에 있어서 동일하게 등장할 것이다. 개개의 소설은 일종의 통일성을 유지할 것이며, 하나의 완전한 소작품을 이룰 것이다. 독자의 입장에서는 각 소설마다 색다른 즐거움을 맛볼 수 있을 것이다. 그리고 동일하게 재현되는 인물들을 통해 독자는 해가 거듭됨에 따라 차츰 확장되고 진전되는 하나의 특이한 세계로 인도될 것이다. 이와 동시에 모모르의 자서전은 독자들이 느끼지 못하는 사이에 그들 눈앞에 구축될 것이다.

이와 같은 계획이 실현된다면, 당연히 나의 모든 예비적 작업은 최대의 이용 가치를 발휘할 것이다. 왜냐하면 그 작업이 작품의 실체와 **내용**을 나에게 제공하기 때문이다.

그렇게 해서 나는 사이앙에서의 모모르의 어린 시절, 초등교육, 성城에서의 가족 생활, 즉 홀아비인 아버지, 어린 동생을 키우는 큰누이 등에 관한 엄청난 양의 메모와 노트를 작성했다. 나는 거기에서 소재를 얻어(노인의 뇌리를 스쳐가는 연상에 따라 무질서하게) 그의 어린 시절에 관해 대략적으로 이해시키려고 생각하고 있었다. 이제 남은 과제는 사이앙에서 일어나는 똑같은 요소를 다른 방법이지만, 직접적으로 하나 또는 여러 편의 중편소설에다 이용하는 것이다.

(명확히 표현하고자 할 때면 어김없이 단어가 머리에 떠오르지 않아 생각을 분명히 밝히지 못함을 느끼고 있다…. 그렇지만 이런 종류의 중편소설은 잘 이끌어가면서 충분히 다듬기만 한다면 본질적인 것을 내포하게 될 뿐 아니라, 중령의 수첩을 가득 채우기를 바라던 부수적인 것도 아울러 포함시키게 될 것이다.)

이는 말할 것도 없이 내가 전에 계획했던 것보다 훨씬 더 힘든 일에 뛰어드는 것이다. 왜냐하면 이 개개의 중편소설은 틀림없이 각기 나름대로의 의미와 통일성과 독특한 장점을 지니기 때문이다. 일기의 각 페이지를 흘려 쓰는 것이 얼마나 더 쉬운가!

하지만 다른 한편으로는 얼마나 더 중요한 이점이 있는가!

우리가 나타샤라는 인물을 「안드레이 공작의 수기」나 「피에르 베주호프의 수첩」 같은 작품을 통해서만 알고 있다면, 톨스토이가 나타샤라는 인물을 묘사하는 데 있어서 그처럼 다채롭고 깊이 있는 상像을 독자에게 보여줄 수 있었을까? 다시 말해 한 개인이 편협한 생각이나 선입견이나 개인적인 취향을 앞세워 그녀를 보는 것으로 그친다면? 그렇다면 「모모르의 수기」에서는 모든 것이 단 한 사람의 두뇌를 통해 보여질 것이며, 단 한 사람의 인격에 의해 나타날 것이다. 반면 내 중편소설의 계획에서 나는 모모르의 인격에서 벗어난다. 나는 그가 보는 것과 다르게 사물과 사람을 관찰할 수 있으며, 어떤 면에서는 더 훌륭하게, 더 완벽하게 할 수 있다.(『티보가 사람들』에서 독자가 오로지 자크나 앙투안의 안경을 통해서만 제니와 퐁타냉 부인을 알게 된다면 얼마나 빈약한 내용이 될까!)

나는 언제나 **중편소설**의 장점에 탄복해왔다. 그러나 아무리 성공한 작품일지라도 무언가 부족하다는 느낌을 받을 때가 종종 있다. 이 장르 자체가 요구하는 희생, 즉 더욱 발전시키고 확대시킬 수도 있었던 모든 것을 중도에서 버릴 수밖에 없었던 희생을 애석하게 여기지 않을 수 없다. 나는 러시아나 영국의 위대한 소설가들처럼 작가가 그 주제를 끝까지 남김없이 다루는 것을 좋아한다. 각 편이 전체의 한 요소를 이루는 것과 같은 중편소설을 모은 작품, 병렬된 단편소설인 동시에 방대한 하나의 소설로 완성되며, 여러 개의 중편소설로 이루어진 장편소설, 이것이 실현 불가능하다고는 생각하지 않는다.

예컨대 체호프의 책 중 어느 한 권에 들어 있는 단편소설 모두에 같은 인물을 등장시켰다면 우리의 마음이 어떠했으리라는 것은 충분히 상상할 수 있는 일이다. 이러한 책은 단편적인 모습을 잃을지도 모른다. 한 편 한 편마다 우리는 하나의 명백한 세계에 대한 우리의 지식을 깊이 있게 할 것이며, 하나하나가 무언가 독특한 흥미를 제공하는 연속적인 에피소드를 통해 성격 변화의 자취를 따라갈 것이다.

아이디어 자체는 매혹적인데….*

니스, 1943년 6월 28일

…이번 겨울의 성과는 매우 보잘것없다…. 『모모르 중령의 수기』에 기여한 유익한 일이라고는 생갈가家(모모르의 처가)

* 그 후에 이 계획은 실현 불가능한 것으로 판명되었다. 실은 여러 차례 시도와 재시도와 포기를 거듭하다가 결국 단념하고 말았다.—원주

에 속하는 각양각색의 인물을 창조하고, 모모르의 결혼과 그의 부부 생활에 관한 몇 가지 개요를 쓴 것이다.

…뭔가 지속적으로 노력하고 주의력을 집중시키기에는 많은 어려움이 따른다!…(의사 미글리비는 "뭐가 놀랍습니까? 우리가 정상적으로 살려면 하루에 3,000칼로리가 필요합니다. 그런데 배급량이 고작 1,000칼로리에 불과하니!"라고 내게 말하곤 했다.)

니스, 1943년 7월 20일

예비 작업을 다시 시작했다. 모모르와 그의 대저택을 점령하고 있는 독일군의 참모부 사이의 중요한 에피소드. 즉 독일인들과 나치즘에 관해 그가 나눈 정치적인 논쟁의 요점을 정리하도록 노력하겠다.

니스, 1943년 10월 4일

…거의 한 달 전부터 『모모르 중령의 수기』 중단. 정신을 집중하기에는 너무 많은 사건이 가로막고 있다. 현실에 온통 마음을 빼앗기고 있다…. 매일같이 떠도는 소문에 의하면 이러저러한 집의 지하실에서 무슨 일이 일어났는데 사람들은 아무것도 눈치채지 못하고 그 앞을 수없이 지나갔다는 따위의 이야기이다…. 독일군의 트럭과 오토바이의 굉음 때문에 잠을 설치기 일쑤다. 더 고약한 것은 밤에 조용한가 싶다가도 장화 소리가 정적을 깬다…. 유럽 도처에서 잠을 이루지 못한 채, 수많은 사람들이 겁에 질려 듣고 있을 저 장화 소리!

니스, 1943년 12월 30일

여섯 달 전부터 별로 일을 하지 못했다. 매일 일에 매달리기는 하는데 무기력하고 흥미를 잃은 상태이다. 사실상 내가 하고 있는 일에 거의 확신이 서지 않는다. 세계 정세에 온통 관심을 쏟고 있어서 내 작품에 마음을 쓸 여유가 거의 없다. 아직 일을 하는 것은 무엇보다도 습관 때문이며, 무위에 대한 공포 때문이며, 규칙적인 노동이 가져다주는 정신적인 안정을 위해서이다. 이제 나는 '일을 하는' 것이 아니라 '소일을 하는' 중이다….

무엇보다도 심각한 것은 이러한 사실을 확인했음에도 불구하고 내 일에 무관심하다는 것이다…. 이 작품이 결코 실현되지 않을 수도 있다는 생각에 조금도 낙담하지는 않는다. 현재 계획을 확신을 가지고 진행시키지 못하고, 활동의 욕구가 자꾸 단절되어 이 일이 어떤 길로 갈지 알지 못한다면 괴로울 것이다. 그러나 새로운 것은 아무것도 창조하지 못한 채, 우유부단한 인간으로서 여생을 마친다는 생각, 하등의 쓸모도 없는 노트만을 남기고 간다는 생각을 이제는 받아들인다. 지난 3년 동안의 대재앙 때문에 나는 일보 후퇴하여 사물을 관찰하게 되었다. 스스로를 평가하고, 작품을 면밀히 검토하면서 나의 한계를 더 잘 파악하게 되었다. 나 자신을 비하시키지 않고, 그렇다고 환상을 품지도 않고 정당하게 평가해보았다. 사실 내가 가능하다고 알고 있는 것을 꼭 글로 써서 출판하려는 것은 의미가 없다….(나는 오로지 과거와 동시대인이다. 즉 나의 생각, 지금의 내 제언提言은 현재의 재앙에서 살아남을 젊은이들이 오늘 제기하거나, 내일 제기할 질문 중의 그 어떤 것에도 응답하지 못하리라.)

…늙어가는 작가가 자신의 야심이 자신의 가능성보다 터무니없이 컸다는 것을 의식하는 순간, 그것은 심각한, 그리고 조금은 가소로운 큰 심적 타격이 된다. 이처럼 치명적이고 절망적인 상처를 나는 2년 가까이, 정확히는 1년 전부터 마음속에 지녀왔다. 이 상처는 천천히, 몰래 깊어졌다. 그것은 새로운 작품을 앞에 두고 내가 도약을 못 하는 이유를 설명해줄 뿐 아니라, 일의 부진함을 인정하고 받아들이는 반半무관심의 원인이 되기도 한다.

나는 때때로 헛된 희망을 품으려 하고, 그 책임을 현재의 상황에 돌리곤 한다. 현재의 상황은 내가 계속해서 집중적으로 노력하기 위해 누구보다도 늘 필요로 했던 전적인 정신 집중에 적합하지 않다. 그러나 만일 지난날의 신념과 환상을 갖고 진정으로 나 자신을 신뢰한다면, 이것이 극복할 수 없는 장애일까? 나는 스스로에게 거듭 반문한다. '세계가 이토록 오랫동안 혼란에 빠져 있는 지금, 책을 한 권 더 쓴다고 해서 무슨 소용이 있겠는가?' 그런데 내가 의식의 밑바닥을 읽을 만큼 여전히 명석하다면 차라리 이렇게 생각해야 하리라. '몸과 마음을 이 새로운 작품에 바친다고 해서 무슨 소용이 있겠는가. 나는 이제 한계를 넘을 수 없다는 사실을 알고 있는 이 마당에? 힘이 왕성할 때에도 달성하지 못했던 높은 자질을, 하물며 활력이 소진해가는 이 나이에 애써 그것을 작품에 부여하기를 기대할 수는 없지 않은가?'

바로 여기에 나의 쇠퇴의 진정한 원인이 있다. 자신감을 받쳐주던 중요한 용수철이 어디에서인가 부서진 것이다. 무엇인가 가치 있는 일을 하기 위해서는 자신을 한시적으로 괴테로 자처하고 『파우스트』를 쓸 것으로 믿어야 한다…. 그런데 이런 식의 망상은 앞으로 나에게는 금물이다. 자극을 주는 것은 아무것도 없을 테니까. 노벨상도, 지드의 칭찬도, 친구들의 격려도, 그리고 그들의 아버지가 약간은 폭군인 탓에 자크 티보에게서 자신을 보는 듯했고, 『티보가 사람들』을 읽고 나서 자기 자신들을 발견했다고 나에게 글을 써 보낸 20세 미만 독자들의 소박한 열성도….

다행히 우리가 사물을 있는 그대로 본다는 사실에는 사람의 마음을 언제나 안심시키는 효능이 있다. 그리고 또 작가로서 내가 차지하는 정당한 비중은 다른 사람에 의해 주어진 것도 아니고, 외부로부터 온 것도 아니다. 나 자신의 성찰과 나 자신에 대한 혜안에서 생겨난 것으로, 이 사실은 분명 나의 실망을 덜어주고, 절망에서 벗어나게 하며, 또한 상대적인 평정을 가져다준다. 이런 가혹한 통찰력은 재앙을 겪은 여러 해에 걸쳐 내 마음속에 생겼는데, 이것은 어쩌면 다행스러운 일인지도 모른다. 이런 사실을 확인함으로써 내가 겪는 잠재적 슬픔이 나를 떠나지 않고 시대의 슬픔에 가중되어 합치된다. 확실히 나의 슬픔은 시대의 슬픔 때문에 완화된다….

1944-1945

앙드레 지드에게 보낸 편지

니스, 1945년 2월 2일

…그리고 알자스 전선을, 캉의 재난자들을, 독일의 수용자들과 포로들을, 폐허가 된 마을의 잔해 위에 텐트를 치고 야영하고 있는 폴란드 사람들을 생각할 때, 어떻게 용서를 구하지 않을 수 있겠습니까! 이것이 나에게 다음과 같은 편지를 보내오는 사람들에게 전하고자 하는 대답입니다. "적어도 당신은 니스에서 편안하게 지내고 있습니다. 일을 할 수 있으니까요!…" 물론 나는 '편안'합니다. 그리고 누구보다도 앞장서서 그렇게 말할 수 있습니다. 그러나 내가 말하는 일이라는 것은 우리의 일이며, 정신의 자유, 다른 사물에 대한 망각, 전적인 정신 집중과 안도감을 다분히 요구하는 일입니다만, 세상의 분위기가 온통 비탄으로 가득 차 있고, 자기 주위에서 수많은 희생자를 목격하며, 치유할 수 없는 엄청난 고통을 느끼고 있는 이때에 '일을' 할 수 있을까요? 물론 이런 것은 아무에게도 털어놓을 수가 없습니다. 그리고 매일같이 일에 파묻힌 채 모든 어려움을 무릅쓰고 작품을 계속 쓰는 근면하고 박식한 사람의 터무니없는 전설을 침묵으로써 믿게 하는 수밖에 없지요…. 실제로 나는 신문을 읽는다든가 라디오를 듣는다든가 급한 용무, 그리고 재난을 당한 이 시대가 강요하는 온갖 새로운 의무 따위에서 벗어나 매일 몇 시간씩 틈을 내어 무리해서라도 내 가상의 작

품으로 되돌아와 노트를 첨가해가며, 내가 앞으로 사용할지 어떨지도 모르는 한 페이지를 쓰기도 하고, 계획을 다시 살펴보고, 참고 문헌 등을 면밀히 검토하기도 합니다. 이런 것은 '일하는 것이' 아닙니다. 현재와 미래에 대한 견디기 힘든 불안에서 해방되어, 여유로운 정신으로 진정 일을 시작할 수 없는 한, 내 주위에서 어느 정도 균형 잡힌 세계를 느끼지 못하는 한, 나는 정녕 글쓰기를 시작할 수 없을 것입니다.

어쨌든 3년 전부터 많은 것을 썼습니다. 일단 일을 시작할 경우, 수많은 이 노트들이 어느 정도 정리되고 나면 작품에서 제자리를 차지하리라는 것을 알고 있습니다. 아버지 티보의 '유고遺稿 서류'와 앙투안의 '일기'는 빠른 속도로 썼던 것으로 기억합니다. 그 이유는? 오래전부터 이용 가능한 수많은 노트와 단장斷章을 되는대로 축적해놓았기 때문입니다. 그래서 작업이 부분적으로는 공들이지 않고 저절로 이루어진 느낌이 듭니다. 고무적인 일이지요. 왜냐하면 두 경우 모두 나의 중령의 '수기'와 유사성을 보여주는 텍스트이니까요. 이런 종류의 일은 에피소드 하나를 연출하는 것보다 훨씬 빨리 진행됩니다. 1인칭 이야기의 제작자들이 그것의 유리한 점을 이해하면 좋으련만! 『티보가 사람들』의 장면들 중에는 예닐곱 번을 완전히 다시 쓴 것들이 많습니다. 그중에는 몇 달씩 걸린 것들도 있지요…. 약 30페이지를 정리하는 데 두세 달이 소요된 일도 있습니다. 어쨌든 그것은 앙투안의 '일기' 전체, 즉 텍스트의 절반 분량을 쓰기 위해 필요했던 시간입니다!

앙드레 지드에게 받은 편지

알제, 1945년 2월 11일

그리운 벗에게,

…지금의 정세에 관한 자네의 견해는 지극히 현명해 보이네. 그럴수록 본래 같은 생각을 가졌던 친구인 나만이 자네의 생각을 듣는 것이 유감스럽군. 확실히 나는 우리의 생각이 같다는 것을 알고 얼마나 위안이 되었는지 모르네. 그러나 이러한 생각을 큰 소리로 세상 사람들에게 알렸으면 하네…. 지금 당장은 말고. 아직 그럴 시기는 아니니. 아! 자네가 꼭 이야기해야겠다고 느끼는 날이 어서 왔으면!… 그런데 사실 자네가 오늘 침묵 속에 간직하고 있는 것을 어쩌면 모두 다 자네의 중령 일기에다 양식糧食으로 공급할 수도 있을 걸세. 나도 그것이 최상의 방법이라고 생각하네….

…자네의 작품에 관해 편지에서 언급한 것을 읽고 무척 안심했다네. 자네 자신이 생각하는 것보다 훨씬 진전되었다는 사실을 나도 믿기 시작했네. 자네가 수집한 수많은 노트는 자네가 다시 읽어보면 썩 잘된 것으로 여겨질 걸세. 그리고 경우에 따라서는 거의 아무런 손질도 하지 않고 그대로 작품 속에 끼워넣을 수 있을 것으로(혹은 그럴 가치가 있다고) 생각될 걸세. 틈을 메우는 작업은 힘들겠지만…. 두서없는 이 글을 용서하게나. 생각나는 대로 적은 것이니.

비스크라, 1945년 4월 5일

그리운 벗에게,

…자네의 일에 가장 도움이 되는 방법을 택했으면 하네. 다른 어떤 생각보다도 먼저 중령의 관심을 부각시키는 용기를, 그리고 필요에 따라서는 대담성을 갖도록 하게. 중령이 정세에 대해 어떤 생각을 갖고 있는지 무척 궁금하군. 자네와 같은 생각일까? 반드시 그런 것은 아니겠지. 그 괴리를 자네라면 이용하리라 생각하네.

언젠가는 나의 무위無爲함이 자네를 부러워할 날이 올 것이네. 그래도 상당한 고생 끝에 『니콜라 푸생Nicolas Poussin』을 잘 마무리했다네….

앙드레 지드에게 보낸 편지

니스, 1945년 4월 25일

그리운 벗에게, 나의 침묵을 용서해주세요. 자질구레한 일에 차이는 생활을 하고 있습니다. 그래서 별것 아닌 일로 외출도 거의 못 하고 있습니다. 믿을 수 없을 정도로 우유부단해지고 **굼떠졌기** 때문입니다. 무언가 아주 꺼림칙한 기분으로 잠들지 않기 위해 몇 시간 동안 할 일을 마련하는 것도 무척 힘듭니다….

그리고 또 무슨 말을 해야 할까요? 사태가 너무 급박하게 진전되니 갈피를 잡을 수가 없군요. 생각이 간신히 떠올랐다가도 금세 퇴색해버리는가 하면, 일시적이면서 불확실한 다른 생각에 끊임없이 추월당하다 보니 정리할 시간조차 없습니다. 이 순간 세계가 처한 혼탁함 속에서 사는 것보다 더 당혹스러운 것이 있을까요? 사방에서 '재조직'을 부르짖고 있습니다. 중요한 것은 전면적인 '재건'입니다! 도시라든가 제도, 관습, 모든 것을 새로 다시 만들어야 합니다. 다음에 오는 세대가 너무나 많은 과업을 떠맡게 되었습니다. 원점부터 다시 시작해야 하니까요. 현기증 나는 일이지요. 그리고 이런 잔해에서 마음이 편안하려면 열다섯 살짜리 소년이 되어야 합니다! 우리는 이런 잔해에서 살아남은 자들이며, '시대에 뒤진 자들'입니다. 낡은 개념으로 머리가 가득 차 있고, 퇴물 속에 파묻힌 박물관의 관리인들과도 같지요. 우리는 이제 하던 일을 그만두고, 문지방에 앉아서 새로운 행렬이 만들어지는 것을 바라보기만 하면 됩니다….(아주 **재미있는** 광경일 테지요. 하지만 나는 또 다른 노년기를 갈망했습니다. 철저하게 고독하지도 않고, 외로움도 덜한 노년을….)

…그렇지만 일은 계속하고 있습니다. 쓸데없는 서류를 가지고 홀로 즐기고 있는 셈이지요. 빌보케 놀이*를 하듯이 말입니다. 그런대로 일상생활에 계속성과 안정성을 주는 듯한 이러한 편집광적인 즐거움을 갖게 되어 매우 다행스럽게 생각합니다! 그러나 실상, 엄밀히 말해 이제는 **나 자신을 위해서만** 쓰고 있습니다.

앙드레 지드에게 받은 편지

알제, 1945년 4월 29일

…내가 알고 있는 바로는, 자네는 오늘날 현재의 논쟁에 전

* 한쪽 끝에 공 받이가 있고 끈에 공이 매달린 장난감.

혀 연루되지 않았을뿐더러 어떤 일에도 말려들지 않은 유일한 사람이네. 세월이 지나면 이 점에 관해 사람들이 자네에게 얼마나 고마움을 느낄지! 자네는 이런 것을 짐작도 못 하는 것 같군. 그리고 현재 '엄밀히 말해 자기 자신만을 위해' 씀으로써 (아! 제발, 계속 그렇게 하게.) 오늘날 숱한 미사여구에 포만감을 느끼는 자들, 가장 훌륭한 사람들의 본의 아닌 기회주의나 이들 '적극적인' 문학 전체가 혐오하는 자들이 자네의 말에 귀를 기울이는 날이 곧 올 것이네. 나 자신은 그런 것에 말려들지 않았으면 하네.

일기

니스, 1945년 5월 5일

무솔리니는 처형되었고, 히틀러는 죽었다. 괴벨스도 죽었다. 이 비극에는 아무것도 부족한 것이 없을 것이다. 마지막에 가서 중요한 배우들을 없애는 셰익스피어식의 안이한 대단원도 없을 것이다.(루스벨트도 죽었다….)

지난 몇 주 동안은 일을 많이 했다.(그런데 그것을 가지고 무엇을 하려는지는 잘 모르겠다.) 하는 수 없지. 나는 「목욕La baignade」을 쓰면서 무척 흐뭇해하고 있다.(이것은 자비에 드 발쿠르의 생애 중 비극적인 에피소드이다.) 이 주제에 몰두한 내가 너무 세심한 데까지 정확한 사실 규명에 전념하기 때문에, 사람들이 어쩌면(전에 『아프리카의 비화』에서 있었던 것처럼) 이 연애 사건이 전적으로 꾸며낸 것이며 세부적인 묘사 전체가 오로지 극도로 긴장된 상상력의 소산이라는 것을 믿으려고 하지 않을지도 모르겠다.(게다가 이 아이디어가 어떻게 떠올랐는지도 생각나지 않는다. 출발점이었으리라고 여겨지는 노트에는 날짜가 적혀 있지 않다. 그리고 어떤 책을 읽고 나서인지, 무슨 대화를 나누고 나서인지, 아니면 무슨 꿈을 꾸고 나서 종이에 이 몇 줄을 썼는지도 알 길이 없다.)

이런 이야기의 진실성은 타고나는 재능에 속하는 것이 아닌 듯싶다. 이런 정도의 진실성은 내가 이야기로 쓰는 것에 모두 부여할 수 있으니 말이다. 그런데 이것을 과연 재능이라고 할 수 있을까? 내가 '진실에 가까운 것'에 이를 수 있는 것은, 일에 전념하면서 정신과 상상력을 집중시켜 상황과 인물을 강렬하게 그려내기 때문이다.

니스, 1945년 5월 20일

어떤 소설가에게 심리 분석이나 도덕적 문제에 전념하는 습관이 있다고 해서 그가 예언적 재능이라든가, 국가적 문제, 시국의 흐름 따위에 대해 각별한 지식을 갖고 있기라도 한 듯, 친구나 독자에게서 거의 매주 어김없이 이러한 질문을 받는다. 무엇을 출판할 준비를 하고 있고, 세상을 뒤흔들고 있는 혼란에 대해 드디어 어떤 '증언'을 피력하기로 결심을 할 거냐고. 맙소사! 우리가 체험한 이 오랜 기간의 공포—우리 모두를 정신적으로 다소 마비시킨—가 아직 현실에서 사라지지 않았다. 따라서 이 공포는 르포르타주의 영역에 있다고 하겠다. 그리고 이 공포가 불러일으킬 수 있는 혼란스럽고 모순된 사상은 신문기자들의 기삿거리나 될 뿐이다. 다른 사람들에게는 종기가 화농되는 시기가 시작되지도 않았다. 우리는 아직 내적인 의문,

그리고 침묵의 단계에 있다. 물론 내 나이에는 어떤 역사적 판단을 내리기 위해 필요한 시간적 거리를 갖기 전에 세상을 하직할 위험도 크다. 그러나 내가 볼 때 어리석은 말을 함으로써 겪는 위험이 더 해롭다. 그래서 나는 두 가지 중 하나를 택했다.

…정계에 투신하여 현실을 논해야 한다고 믿는 일부 작가들—가장 성공한 사람들을 염두에 둔 것이다—이 유익한 일을 한 예는 대체로 드물다. 그들 모두가 진부한 생각에서 벗어나지 못한다는 사실은 놀라운 일이 아닐 수 없다. 그들이 말하는 것과 똑같은 말을 때로는 같은 날 다른 곳에서 다시 듣는 경우가 있으니 말이다. 그들에게는 독창적인 것으로 여겨지는 이런 사상이 실은 널리 퍼져 있으며, 자연발생적으로 도처에서 동시에 생겨나고 있다. 그들은 그저 여기에 좀 더 적절한 형식을 부여할 뿐이다.(한술 더 떠서! 놀라운 것은 그들의 문체가 현실을 논하면서 저속해진다는 것이다! 언제나 확고한 취미를 갖고 있었고, 용어의 선택에서도 그토록 신중을 기했던 그 순수한 작가들이 정치를 논할 때에는 정치인들의 무의미한 문구의 어휘를 서슴지 않고 쓴다는 것이다….) 그들을 비난할 생각은 없다. 왜냐하면 의무감 때문에, 그리고 '봉사하기' 위해 그들이 자신의 작품, 요컨대 그들에게 가장 귀중한 것을 포기한 것이기 때문이다. 그런 어려운 희생을 높이 살 수밖에 없다. 하지만 그런 희생을 개탄할 권리도 있다. 그들은 표면적인 '목전의 의무'에 현혹되었던 것이다. 그리고 아무것도 남는 것이 없는 실리적인 기사를 만들어내기 위해 그들 본연의 의무를 소홀히 한 것이다. 내 생각에 작가 본연의 의무는 작품 활동을 계속하는 것이다.

앙드레 지드에게 보낸 편지

벨렘, 1945년 9월 23일

…나에게는 실상 한 가지 목표밖에 없습니다. 가능하면 빨리 본격적으로 작품을 시작하는 것이지요. 그 순간부터 결정적으로 죽을힘을 다해 일에 몰두하는 것입니다….

아직 앞으로 몇 년 동안은 건강이 허락되어 일에 열의를 보일 수 있기를 바라며, 내가 생각하고 있는 여섯 권 정도의 작품을 쓸 수 있었으면 합니다. 그리고 이것이 나의 작품 중에서 가장 훌륭한 것이 되었으면 합니다.(언제나 그러기를 바라지요….)

일기

벨렘, 1945년 10월 27일

독일군 점령 뒤에 테르트르를 복원하기 위해 두 달을, 말하자면 정말 헛되이 보냈다.

그러나 나의 생각은 줄곧 작품에 사로잡혀 있었다. 테르트르에 다시 정착하게 되면 전적으로 일에 전념하려 한다. 작품은 무르익은 감이 든다. 노트 뭉치를 정리하다 보니, 충분한 자료가 축적되었고 이미 많은 일을 했다는 느낌이 든다. 이제 그것들을 모두 정리해서 형식을 갖추는 일만 남아 있다.

1946-1947

일기

니스, 1947년 1월 20일

1946년 되돌아보기.

육체적으로나 정신적으로나 노쇠한 해. 테르트르의 가옥 수리, 파리 드라공가 10번지에 임시 거처를 정하는 등 물질적인 일에 파묻힌 휴업의 해. 숱한 걱정거리로 인해 정신적으로 암울했던 해.

1946년 겨울에는 '목욕'이라고 제목을 붙인, 자비에의 생애를 다룬 에피소드 말고는 거의 손을 대지 못했다. 본래 이것은 중편소설의 주제였다. 상당히 외설스러운 주제로, 오래전부터 내 노트에 간직하고 있었으며, 『아프리카의 비화』와 대칭을 이루는 것으로 생각하고 있었다.(「성년자 유괴Détournement de majeur」와 마찬가지로 이것도 외설스럽지만 아름다운 주제이며, 이것을 모모르의 어린 시절, 자비에와 기Guy의 에피소드에 이용할 작정이다.) 어째서 오랫동안 이 노트를 활용하지 않았던가? 솔직히 말해서 다른 사람들의 이목 때문이었다. 외설 소설의 전문가가 되지 않기 위해. 아무리 성적性的 문제가 흥미진진하다 할지라도 내 작품에서 이 문제가 지나치게 많은 자리를 차지하는 것을 삼가기 위해…. 내 나이에서는 해탈의 경지에 재빨리 이를 줄 알아야 한다!

1946년 여름에는 모모르에 다시 착수하는 대신, 몇 달 전부터 나의 뇌리를 떠나지 않던 욕망에 굴복했다. 즉 오늘날의 젊은이, 점령 후의 젊은층에 관한 작품 하나를 쓰는 것. 시도와 실패를 거듭하던 끝에, 작품을 성공시키기에는 너무 나이가 많다는 것을 깨달았다. 전쟁으로 인해 정신적으로 균형을 잃은 젊은층에 대해 나의 의견이 있을 수 있다. 그러나 실제로 그 의견은 **근본적으로** 나와는 무관한 것이다. 내가 등장시키고자 했던 젊은이는 1900년대의 젊은이, 나 자신의 청년 시절 모습으로서, 여기에 1946년의 자유로운 관습을 피상적으로, 인위적으로 적용한 것이다. 따라서 오늘날의 젊은이는 아무도 거기에서 자기와 닮은 점을 발견하지 못할 것이다.

현재로서는 모모르 때문에 애를 먹고 있다. 오랫동안 일을 중단한 것이 오히려 거리를 두고 생각할 좋은 계기가 되었다. 내가 겪는 어려움은 작품의 착상(이야기 구성)이 1941-1942년으로 거슬러 올라가기 때문이라는 것을 (며칠 동안 열 때문에 침대에 누워 있다가) 비로소 깨달았다. 그 시기는 세계 정세가 모든 사람들의 마음속에 너무 커다란 비중을 차지하고 있었으므로 일시적인 관점 따위에 의존해서 시사 문제를 나의 작품에서 과장되게 다루는 것은 바람직한 일이 아니었다. 그로부터 6년이 지난 지금, 모든 관점이 바뀌었다. 전쟁, 점령, 나치즘 등 모든 것이 이미 거론되었다. 여러 해가 지나기 전에 적어도 짚고 넘어가야 할 문제는 모두 거론되었다. 나의 작품이 '우발적인' 발상의 노예가 되는 것은 어리석은 일이다. 모모르로 하여금 전쟁과 점령 첫해의 일기를 필연코 쓰게 한다면, 나의 이야기는 분명 시사 문제에 관한 온갖 성찰로 가득 차는 우를 범하게 될 것이다. 따라서 솔직히 말해 출발점을 옮길 필요가 있다. 수기는 1945년에 시작되는 것으로 해야 할 것이며, 점령 시기가 전면에 부각되어 매일같이 다루어지는 것을 피하고, 모모르의 기억 속에 삽입되도록 해야겠다. 그러기 위해서는 나의 구상을 완전히 재손질하지 않으면 안 된다. 모든 것을 주도면밀하게 준비했기 때문에, 이러한 변화를 주는 것은 전체를 다시 시작하는 것이나 다름없다! 모모르의 생년월일을 4년 늦추는 것만으로도(1945년, 그가 일기를 시작하는 시기에 일흔 살이 넘지 않도록) 그 결과는 그의 전기 전체에 영향을 미친다.

그렇다고 망설일 것 없다.

앙드레 지드에게 보낸 편지

니스, 1947년 2월 8일

그리운 벗에게,

파리에 체류하는 동안 당신이 베풀어준 온갖 극진한 호의에 대해 제대로 고마움도 표현하지 못하고 있는 나를 섭섭히 여기시겠지요. 밀린 회신 때문에 늘 쫓기는 신세이다 보니 답장을 '재촉하는' 편지에만 결국 응답하게 되는군요. 그리고 '급하지 않은' 편지(다시 말해 가장 쓰고 싶은 편지….)는 차일피일 미루고 있습니다.

뭐니 뭐니 해도 일에 다시 몰두하게 되어 얼마나 다행인지 모르겠습니다. 일전에 말씀드렸듯이 별로 손상을 가하지 않고 출발점을 완전히 변경할 수 있을지 몹시 궁금했습니다. 앞으로 용기를 내어 대변혁을 시도하는 것 말고는 달리 방법이 없을 것 같습니다! 어쨌든 난관을 극복하리라 믿습니다. 이렇게 하면 여러 가지 이점이 많으리라는 사실을 날이 갈수록 더 여실히 깨닫고 있습니다. 그러나 무척 고된 일이군요! 어려움은 출발점의 이야기 구성을 수정하는 데에 있을 것으로 예측하고 있었습니다. 그런데 그렇지 않더군요. 몇 가지 좋은 생각이 떠올라 신속하게 처리했습니다. 그러나 에피소드를 다시 구성하는 것은 그렇지 않았습니다. 4년 동안 쓴 단편소설 중에서 연대의 변경 때문에 다시 손질하고 재조정하지 않은 것이 단 한 편도 없으니까요. 즉 중령은 1866년이 아니라 1870년에 태어났고, 수기를 1940년이 아니라 1945년에 시작한다는 한 가지 이유 때문입니다. 내가 준비한 것은 모두 역사적으로 설정되었습니다.(아주 기발한 착상이지요. 이런 점에서 나 자신의 능력을 인정하고 있습니다.) 이처럼 날짜를 바꿈으로써 모든 것이 본궤도에서 벗어나게 되었고, 부수적이고 불합리한 사소한 문제들이 끊임없이 제기되었습니다. 그러나 전체의 균형을 위해서는 이것을 해결해야 했습니다. 그러다 보니 믿을 수 없을 정도로 기교를 낭비할 수밖에 없더군요! 마침내 해결되었으니, 앞으로는 일이 순조롭게 진행될 겁니다. 나도 만족하고 있습니다.(짜증과 행복감이 교차합니다. 하지만 전반적으로는 행복감이 바탕이 된 일시적이고 사소한 짜증이지요….)

앙드레 지드에게 받은 편지

알제, 1947년 3월 13일

…더 온화한 하늘 아래 알제에서와 마찬가지로 또다시 '풍요

로운 나태'의 시기를 맞이할지도 모르겠네. 그러기를 기대하고 있기도 하고. 그러면서 '적어도 자네는 일을 하고 있겠지'라고 생각하면서 내가 얻는 위안을 자네는 모를 걸세. 마음을 단단히 먹도록 하게! 중령을 위해 성공을 비네. 속히… 중령을 소개해주었으면….

오늘은 피곤해서 더 길게 쓸 수가 없군. 곧 다시 쓰겠네.

일기

니스, 1947년 4월 4일

처음부터 전부 다시 손을 보았다. 올바른 방향으로 나아갈 것 같다…. 벌들이 줄곧 꿀을 저장하기만 하는 봉방蜂房에다 밀랍 구멍을 뚫는 느낌이다. 따지고 보면 내 일에는 뚜렷이 구별되는 두 가지가 있다. 봉방과 벌꿀…. 벌꿀이란, 내가 작품에 넣기를 갈망하는, 살아 있고, 개성적이며, 감동적이고, 신선한 모든 것이다. 그러므로 봉방이 벌꿀을 받아들일 준비가 되어 있을 때에야 비로소 내가 벌꿀에 전념할 수 있을 것이다. 그러니 빨리 봉방을 준비해야겠다.

…나의 일이 어느 정도 진전을 보고 있는지를 물어오는 친구들에게 나는 흔히 이렇게 대답한다. "진전은 있는데 내가 하는 일을 별로 신뢰하지 못하고 있습니다…." 실제로 이 말은 봉방에 넣을 벌꿀의 품질에 자신이 없다는 것을 의미한다…. 그렇다, 이따금 나는 커다란 의구심을 갖는다. 나에게 작품을 끝마칠 시간이 주어진다면 내 작품이 **여러 가지** 특징을 갖게 되리라

는 사실을 잘 알고 있다. 그런데 그런 작품이 성공한다 할지라도 뭔가 새로운 인간의 진실을 조금도 보여주지 못할 수도 있다. 그렇다면 그런 작품이 무슨 소용이 있는가? 이미 전에 이야기된 바 있는 것을 되풀이한들 무슨 소용이 있는가?

태양 스펙트럼에 약간의 뉘앙스를 덧붙인다는 환상을 품는 것은 얼마나 고무적인 일인가!…

앙드레 지드에게 보낸 편지

니스, 1947년 4월 21일

…나의 일에 관해서는 별로 할 말이 없습니다. 내가 무엇을 만들고 있고, 지금 맞추고 있는 퍼즐이 앞으로 어떤 흥미로운 그림을 만들어낼지 현재로서는 나만이 이해할 수 있지요. 아직 길을 못 찾고 헤매는 경우가 비일비재합니다. 그러나 전체적인 전망은 아주 분명합니다.

모자이크 화가식으로 이처럼 짜맞춰보기는 이번이 처음입니다. 나 정도 나이의 인간에게 이런 집필 방법의 곤란한 점이 있다면, 그것은, 일이 잘못되어… 내가 죽게 되었을 때 전체에 끼워 넣기로 한 이 작은 돌조각들에서 끌어낼 만한 것이 아무것도 없을 것이라는 사실입니다. 그러나 상관없습니다. 역시 곤란하면서 보다 민감한 사항은, 내가 일하는 동안에는 무엇을 하고 있는지 보여줄 수 없다는 것입니다. 왜냐하면 의미와 형상을 그림에 부여하는 조립은 끝에 가서야 가능하기 때문입니다.(모자이크 화가는 자신이 준비한 작은 조각을 담을 상자는 보여주어도 모자이크 구상은 아무에게도 털어놓지 않을 테니까요!)

벨렘, 1947년 8월 10일

…일을 다시 시작했습니다. 그런데 전체를 뒤덮을 가능성이 전혀 없는 넓은 씨실 위에 하나의 모티브를 짜 넣는 느낌입니다…. 또한 커다란 태피스트리를 짜는 나이는 지났다는 느낌도 듭니다. 그리고 지금의 일은 그날그날 심심풀이를 마련해주는 것에 불과하며, 큰 재앙이 닥쳐올지도 모른다는 강박관념에서 벗어나고자 하는 생각 말고는 다른 뜻은 없다는 느낌입니다. 내가 쓸데없는 종이쪽지들에서 눈을 뗄 때는 지평선에 먹구름이 들면서 소나기가 다가오는 것을 보기 위해서입니다…. 어떤 적당한 형용사 또는 어떤 적당한 단어를 찾기 위해 돌연 주의를 기울일 때면 나 자신이 미치광이 같다는 생각이 드는군요…. 아르키메데스는 우스꽝스러운 사람의 감각을 갖고 있지 않았습니다!(아니면 그의 '문제들'이 나의 문제보다 더 중요성을 띠고 있었겠지요!)

벨렘, 1947년 9월 11일

그리운 친구에게, 당신의 편지는 몹시 처참한 느낌을 줍니다. 편지의 내용 때문이 아니라, 뭔지 몰라도 어조 때문에, 음성 때문에…. 그것은 시시각각 들려오는 사람들의 온갖 파산과 상실과 파국의 소식과 더불어, 여름이 가고, 가을에 접어들어, 곧 겨울이 오면 겪어야 할 나의 침울한 생각을 더욱 깊어지게 합니다. 지난 10주 동안 했던 일을 돌이켜봅니다. **별것** 아닙니다. 하지만 일을 하기는 했습니다. 그것도 아주 규칙적으로. 그런데 매일 한 일이란 것이 양으로는 보잘것없습니다! 구상만 완성되었을 뿐, 나머지 모두는 작업을 해야 하는 태피스트리의 거대한 씨실 위에 있는 몇 개의 점입니다. 그 점은 꽃다발도 아닌, 군데군데 있는 작은 꽃송이로, 그 자체로는 아무런 의미가 없으며 이 공상적인 거대한 작품에 쓰일 작은 얼룩에 불과합니다. 십중팔구는 내 건강이나 현재의 여러 가지 정세 때문에 완성하지 못할 것입니다. 이 작은 꽃송이 덕분에 내가 거기에 정성을 쏟은 한 주 동안 흐뭇했습니다. 그리고 그것만으로도 이미 상당한 것이지요…. 그런데 내가 쏟는 수고에 비하면 결과는 미미하군요. 그러므로 이 게임은 헛된 것이라 하겠습니다! 하지만 눈을 가린 채 양수기를 돌리는 당나귀처럼 일을 계속하렵니다.

일기

벨렘, 1947년 11월 2일

…1944년 말부터 1945년 초까지의 신문을 훑어보며 그 시기의 중요한 사건을 메모하는 등 아주 지루한 일에 한 달을 바쳤다. 중령의 수기가 그 시기에 시작되기 때문이다. 모모르를 시기적으로 정확하게 위치시키는 일은 반드시 필요하다. 모모르가 자신의 어린 시절을 회상하는 이야기는 1870-1880년대를 포함하고 있다. 그 이야기는 어쩔 수 없이 시대에 뒤떨어진 색채를 띠게 된다. 따라서 1944-1945년의 시기에 대한 여러 가지 암시를 통해 이 노인이 자신의 먼 과거에 집착하고 있지만 우리와 같은 시기에 뿌리를 박고 있는 동시대인 중의 한 사람이

라는 생각을 독자가 줄곧 갖고 있지 않는다면, 이 책은 훨씬 더 시대에 뒤졌다는 느낌을 줄 것이다. 동시대인이라 함은 1939-1944년 전쟁의 소용돌이에 휘말렸던 세계에 속하는 인물임을 뜻한다. 그러므로 시국에 대한 견해를 「수기」에 끼워 넣는 것은 취미 때문이 아니라 이성적 사유에 의한 것이다. 1945년 겨울의 사건에 관해 내가 모모르에게 언급하게 한 것은 진부해 보인다! 그것을 흥미 있게 만들려면 우리가 오늘날 알고 있는 것에 비추어 모모르가 말할 수 있어야 한다. 그런데 그 방법과는 반대로, 내가 1947년 11월 지금 지니고 있는 견해가 아니라, 모모르가 그의 일기를 쓰는 시기인 1945년의 견해를 모모르의 정신에다 주입하려고 애쓰고 있다.

이 지루한 일을 어서 끝내고 젊은 시절의 이야기를 속히 다시 시작할 수 있었으면 한다.

1948

앙드레 지드에게 보낸 편지

니스, 1948년 1월 24일

그리운 벗에게, 줄곧 당신을 생각하면서도 이 사실을 서신을 통해 전하지 못하는 나를 나무라고 있습니다. '시간을 다투는' 터무니없는 편지 때문에 나의 일을 위해 남겨둔 얼마 안 되는 시간의 여백을 모조리 빼앗기고 있습니다…. 또한 오늘날 세계사의 비참한 양상에 너무 정신이 팔리다 보니 신문이나 잡지, 정치에 관한 책 따위를 읽는 데에 엄청난 시간을 할애하고 있습니다…. 하지만 잡동사니 같은 시사 문제를 다루느라 나의 작품을 무겁게 만들 생각은 추호도 없습니다. 그렇지만 어떻게 일상의 강박관념에서 벗어날 수 있겠습니까?…

니스, 1948년 4월 1일

그리운 벗에게,

D의 만찬과 A. G.와의 상봉에 관한 당신의 보고…. 유쾌합니다! 나의 중령이 지난달 일기에 쓴 것을 여기에 다시 옮겨 놓습니다.

"생리학적인 세부 사항과 성적性的 연대의 고뇌에 관해 상술한다고 해서 나는 조금도 수치심을 느끼지 않는다. 느긋하게, 마음을 열고, 빈틈없는 정확성을 가지고 문제를 심도 있게 다룰 작정이다. 이런 종류의 문제에 접근할 때 속내 이야기를 하는 것에 인색해서는 안 되며, 아주 자세히 설명하는 것을 두려워해서도 안 된다. 탐구와 자기 성찰이라는 미로 속으로, 그 뒤 전혀 가식이 없는 고백의 길로 허심탄회하게 들어갈 때에야 비로소 진부한 생각에서 벗어날 수 있는 기회가 주어지는 법이다. 이런 영역에서는 거짓이라든가 위선 같은 것이 늘 예외 없이 관례처럼 되어 있다. 성性에 관한 숱한 신비가 아직도 밝혀지지 않은 채로 있는 것은 전반적인 위선, 성인 남자들의 위선, 사회의 위선 탓으로 돌려야 한다. 나는 많은 친구들에게 질문을 해서 그들로부터 많은 고백을 이끌어냈다. 열다섯 살의 '타락'을 모면한 자가 드물었다. 이런 타락이 보여주는 특수한 형태, 그것의 난폭함, 그것의 지속은 한 인간의 생애에서 유일한 것으로서, 사춘기를 특징짓는 변화를 나타내는 요소들이다. 내가 항상 이런 문제에 흥미를 갖고 있는 것을 어떤 사람들은 비난하기도 했다. 그것은 잘못된 일이다. 이런 흥미는 진실 탐구에 상응하는 중요성을 띠는 것이라고 해도 무방하다.

우리의 젊은 시절 숱한 추억의 절반은 사라져버렸거나 불확실한데, 어떤 점에서 우리의 성적 발견과 관련이 있는 기억은 모두가 그 정확성과 신선함과 강도를 변함없이 그대로 유지하고 있다. 이러한 사실은 각자 스스로 검증할 수 있을 것이라 생각한다. 이런 성인으로의 입문에 의해 야기된 충격보다 더 분명한 증거가 있을까? 그리고 이런 최초의 호기심, 최초의 경험이 인격 형성기에 매우 중요한 역할을 한다는 사실보다 더 분명한 증거가 있을까? 이러한 것들은 어른이 되었을 때 성격이나 성향이나 생활 전체에 결정적인 영향을 미친다. 바로 여기에 인간을 이해하는 열쇠가 있다.

당신의 사춘기는 어떠했는지 말해보라. 그러면 당신의 성격을 알 수 있다. 그리고 당신의 비밀도 알 수 있을 테고."

(당신을 위해 옮겨 쓴 이 몇 줄을 근거로 나의 일을 판단하지는 마십시오. 조합하는 과정에서 제 위치 이상은 가치가 없는 퍼즐의 단편소설을 대충 썼을 뿐이니까요….)

일기

바뇰, 1948년 6월

이번 겨울, 니스에서 매우 꾸준히 작업함.(1882년에 사이앙에 온 기Guy와 관련된 몇 개의 장을 썼음.)

몇 페이지를 지드에게 읽어주었다.(지난 몇 해에 걸쳐 모모르에 전념한 이래로 아무에게도 나의 원고를 보여준 적이 없다.) 그는 분명히 이 단장에 흥미를 나타냈다. "내가 쓴 다른 모든 것보다도" 이 단장이 더 좋다고 했다….

벨렘, 1948년 7월 9일

그들 모두가 유명해지기를 바라고 있다니 기이한 일이다! 그들은 **출판**을 해야 한다! 그런 사람들은 뇌리에서 무엇인가를 꺼내면 당장이라도 사람들을 불러 모아 세간에 알려야 직성이 풀린다. 그것은 방금 알을 낳은 암탉이 목청을 다해 '꼬꼬댁 꼬꼭'을 외치는 것이나 다름없다. 그런 인기를 유지해야 하는 그 필요성이라니!… **받침**병疾이라고나 할까…. 나는 완전히 면역이 된 느낌이다!

유작을 쓴다는 것은 정말 마음의 평정을 가져다준다!

콕토의 가장 훌륭한 작품 중 하나, 아니 가장 훌륭한 작품인 『존재의 어려움La Difficulté d'être』에서 다음과 같은 절규를 발견했다. "하나의 작품이란 우리의 고독을 나타내는 데 더할 나위 없는 표현 수단일진대, 무슨 기묘한 접촉의 필요성 때문에 예술가로 하여금 작품을 세상에 내놓도록 부추기는지 자문해보지 않을 수 없다."

앙드레 지드에게 보낸 편지

벨렘, 1948년 8월 23일

…몇 주 전부터 아주 열심히 일을 하고 있습니다…. 일의 성과의 평가가 아니라, 전적으로 주관적인 확인에만 근거를 두고 있다는 느낌이 들며, 이 순간 내 가상의 이야기 세계가 나를 둘러싸고 있는 현실의 세계를 압도하고 있다는 느낌, 그리고 하루 중의 꽤 많은 시간 동안, 1883년 당시 유행했던 복장을 한 주위 어른들의 행동을 관찰하는 열세 살짜리 개구쟁이가 된 느낌입니다.(어른들 가운데에는 좀 기이하고 무서운 '에릭 삼촌' 같은 사람도 있습니다….) 일종의 변함없는 즐거움을 느끼며 일을 하고 있습니다.—이것이 항상 좋은 징조일까요?—그리고 출판의 욕심을 송두리째 버리고 이와 같은 감미로운 자유를 만끽하며 일을 하고 있습니다. 아아, 다시는 떠나지 않아도 되는 안정된 곳에다 내 삶을 정착시킬 수 있었으면 합니다!

일기

벨렘, 1948년 9월 15일

두 달 전부터 줄곧 일에 파묻혀 있다. 하루에 일고여덟 시간씩. 독서와 서신과 그 밖의 모든 것을 희생시키고 있다. 어쩌다 이런저런 생각이 떠오르면 내가 쓰고 있는 것에 편입시키거나, 앞으로의 장章에 이용할 노트의 형식으로 작품에 끼워 넣는다.

앙드레 지드에게 보낸 편지

벨렘, 1948년 10월 7일

…테르트르에서의 마지막 두 주는 이번 여름에 작성한 것을 옮겨 쓰는 일로 보내고 있습니다. 무슨 착란을 일으켜 '많이' 그리고 '열심히' 일을 한다고 여러 차례 편지를 썼는지 알 수가 없군요…. 결국 그것은 망설임과 군더더기와 반복적이고 불필요한 말들로 가득한 4-5장으로 축소되었습니다…. 한심하기 그지없습니다!… 내가 선택한 방식—집 안에만 틀어박혀 지내는 노인이 생각나는 것을 기록한 노트—은 영합과 태만과 노인의 요설饒舌을 만들어낼 뿐입니다. 이런 수다에 누가 흥미를 갖겠습니까?… 잔혹한 우연이라고 할까요, 『아르슈Arche』의 최근 호에서 치밀함, 간명함, 기치와 의욕의 모델인 장의 소설 『마리Marie』를 읽고 나서 나 자신에 대한 혐오를 거두어버렸습니다. 씁쓸한 교훈입니다!

앙드레 지드에게 받은 편지

1948년 10월 19일

…스트린드베리*와 그의 작품에 대한 내 생각은 자네와 똑같네. 이 문제에 관해서는 다음에 다시 거론하기로 하세. 무엇보다도 자네의 일에 관해 이야기해 보세나. 모든 것이 지난번 우리가 만났을 때 나에게 읽어준 그 수준이라면 자네의 걱정은 기우에 지나지 않네. 우리의 친구 장의 『마리』에 관해서는 자네 생각이 전적으로 옳아. 매우 훌륭한 작품이네….

* 아우구스트 스트린드베리(August Strindberg, 1849-1912). 스웨덴의 작가.

1949-1950

앙드레 지드에게 보낸 편지

니스, 1949년 3월 10일

…내가 쓰고 있는 것이 한심할 정도로 현대성이 결여되어 있으며, 현대인의 관심을 끌기에는 별로 합당하지 않은 것으로 여겨집니다…. 단순한 검증에 불과하지요. 그렇다고 회한의 형식을 취하는 것도 아닙니다. 사정이 이렇게 되었고, 어쩔 도리가 없군요.*

…현재 작업하고 있는 에피소드는 1887년경으로 거슬러 올라갑니다. 쓰면 쓸수록 점점 더 과거로 도피하게 되고, 현대에 대한 성찰의 기회가 줄어든다는 것을 깨닫고 있습니다. 이러한 성찰은 여섯 달 뒤에는 읽기 어려워질 것입니다…. 따라서 갈수록 옛날 세계를 묘사하고 석유 등잔 불빛 아래에서 인간의 성격을 분석하고자 하는 나 자신의 성향대로 가고 있다 하겠습니다…. 나의 중령은 자신의 사춘기 고뇌를 되살릴 때에는 멍청해 보이지 않았습니다. 그런데 헝가리 추기경의 소송에 대해서는 그가 무슨 말을 하기를 원하십니까? 그가 말할 수 있는 가장 바람직한 것은 이미 신문이나 잡지에서 언급되었습니다…. 가장 어리석은 일은, 아마도 지금 쓰고 있는 모모르의 일

* 2년 전(1947년 4월) 일기에서 나는 이미 다음과 같이 지적했다. "사실 나는 반세기를 뒤처져 있다. 나의 중령은 1910년대 독자들이나 관심을 끌었을지 모른다…."—원주

기에다 먼 과거의 기억과 현재의 여러 가지 사건의 반향을 혼합시키고자 했던 당초의 계획을 그대로 따르는 것이겠지요. 이런 혼합은 현재까지 아무런 결과를 가져다주지 못했을 뿐 아니라, 현재가 과거를 환기하지 못하도록 그지없이 지리멸렬하게 짓누르고 있습니다.(그렇다고 이 방법을 조급하게 포기할 이유는 조금도 없습니다. 단장별로 쓰고 있으니까요. 하지만 언젠가는 포기하는 날이 올 것입니다.)

앙드레 지드에게 받은 편지

생폴드방스, 1949년 6월 4일

그리운 벗에게,

…하루하루 나아지고 있네. 그래서 오늘은 병원에서 지시한 강제 요양의 혜택을 볼 생각이라네. 자네가 나에게 심어준 기대감을 줄곧 생각하고 있네. 병원에서의 우리 대담집의 부록 말일세. 자네의 중령에 관해 나에게 소개하고자 하는 것을 자네가 모두 읽어주었지….

이만 총총.

A. G.

일기

니스, 1949년 6월

생폴 병원에서 요양 중인 지드 곁에서 며칠을 지냈다.

그에게 열두 시간가량의 낭독(지난 몇 년 동안 해온 내 작업의 상당한 분량이다.)을 듣게 하는 고통을 안겨주었다. 그럼에도 불구하고 그의 주의력은 조금도 흐트러지지 않았다. 모모르의 유년 시대 모두, 기의 사이앙 체류, 자비에 드 발쿠르와 함께한 두 소년의 생활, 그리고 기의 스위스 출발까지.

나는 그의 판단이 어떠할지 불안감을 떨쳐버릴 수 없었다. 전부 듣고 난 뒤 그는 전적으로 동감을 표시하면서 이렇게 여러 차례 되풀이해 말했다. "나는 엄격하면서도 성실하려 애쓴다는 사실을 믿어주게. 자, 안심하고 일하게나…. 자네는 지금까지 이보다 더 견고하고 개성 있는 글을 써본 적이 없어."

우리는 시사 문제를 다룰 부분에 대해 오랫동안 토론을 했다. 오늘날의 세계를 혼란 속으로 몰고 가고 있는 여러 가지 사건을 모모르의 일기에서 중요하게 다루어야 할지의 여부를 결정하는 문제였다. 우리는 만족스러운 해결점에 이르지 못했다. 나는 여전히 혼란 상태에 빠져 있다.

앙드레 지드에게 보낸 편지

니스, 1949년 6월 19일

그리운 벗에게, 비록 몸은 이곳에 왔지만, 마음은 여전히 생폴에 있습니다. 그곳에 머무는 동안 열과 불안감 때문에 괴로운 며칠을 보냈지만, 우리에게는 기대한 것 이상으로 서로 가까워지고, '젊어진' 지극히 축복받은 봄날의 한때였습니다…. 아무런 가식 없이 대해준 당신, 당신의 생활을 함께하게 해줌으로써 이 모든 것을 가능하게 해준 당신에게 고마울 따름입니다! 나는 당신의 배려를 이기적으로 이용하다 못해 남용하기까지 했습니다. 하지만 그 덕분에 많은 것을 얻었습니다. 그런 나의 처사에 양심의 가책을 느끼는 척한다면 그것은 성실한 태도가 아니겠지요…. 8년 전부터 혼자서 점토를 빚다가, 이번에 처음으로 베일을 들어 올려 다른 사람의 평가를 부탁드린 것이라는 점을 알아주십시오. 나에게는 당신의 평가가 너무나 소중해서 다른 사람의 평가는 그 어떤 것도 문제가 되지 않습니다. 그리고 **어느 누구의 고무적인 말도 더 이상 필요치 않습니다**. 이제는 자신을 잃지 않고 혼자서 끝까지 밀고 나갈 수 있을 것입니다.

나에게 가장 힘을 불어넣어준 것은 당신의 찬사 그 자체가 아닙니다. 내가 가장 정성을 들인 장章, 나 자신이 가장 중요하게 여기고 있던 바로 그 장을 당신이 칭찬해주었다는 사실을 확인한 것입니다. 그러니 앞으로는 내 일이 탐탁하게 여겨질 때마다 이렇게 생각하겠습니다. '이것은 지드가 틀림없이 인정해줄 페이지야.' 그 이상 나의 원기를 지탱해줄 수 있는 것은 아무것도 없습니다. 당신의 유익한 영향력은 앞으로 나의 작업 전체에 미칠 것입니다!

앙드레 지드에게 받은 편지

1949년 6월 22일

그리운 벗에게,

…우리는 쥐앙레팽에 별장 하나를 구하기로 했네. 손님을 위한 매우 쾌적한 방도 하나 곁들일 예정일세. 자네의 19일 자 편지에 무척 감동했다네. 자네가 나에게 읽어준 것을 내가 그토

록 좋아할 수 있었다는 것(그리고 칭찬할 수 있었다는 것)이 얼마나 기쁜지 모르겠네!

곧 만나세.

앙드레 지드

일기

니스, 1949년 7월 20일

이것은 사실이다. 더 이상 일기를 쓰고 싶은 생각이 들지 않는다. 산다는 것이 지난날보다 훨씬 더 피곤하게 느껴진다. 그날그날의 일의 '수확'이 눈에 띄게 줄어들었다. 서신과 자질구레한 일이 매일 나를 무척 괴롭힌다. 내 활동 영역이 어찌나 축소되었던지 어떤 일은 희생시킬 필요가 있겠다. 그런데 무엇보다도 내가 등한히 하는 것은 『일기』이다…. 아침부터 저녁까지 별것 아닌 일로 바삐 움직이다 보니 그나마 남은 기력이 쇠진하고 만다. 이런 나의 사소한 일을 글로 남겨 놓을 필요가 있을까? 무슨 소용이 있을까? 추억으로 간직하기 위해? 그것을 상기하는 데 큰 흥미를 느끼기에는 앞으로 내가 살아갈 날이 얼마 남지 않았다….

앙드레 지드에게 보낸 편지

니스, 1949년 8월 24일

그리운 벗에게, 쥐앙에서 엿새 동안 함께 생활한 뒤에 찾아온 침묵과 고독이 무엇인가 황량함을 느끼게 합니다….

…몇 차례의 다정한 대담을 통해 간직하게 된 여러 가지 추억을 조목조목 적을 수는 없겠습니다만 한순간도 놓치지 않고 음미했답니다….

…그러나 나의 일을 위해서는 분명히 유익한 일이었다는 것을 이미 알고 있습니다. 당신과의 대담에서 받은 감격 덕분에 작업 중이던 몇 장을 중단하고, 3년 전부터 미루어온 작품 첫머리를 다시 시작하겠다는 결심을 하기에 이르렀습니다. 출발이 썩 잘 이루어져, 혹시 내가 세상을 하직하더라도 몇 개의 '단편소설'만이 아니라, 거의 완성된 최초의 두세 권이 남게 되리라는 것을 느끼는 것만으로도 무척이나 위안이 됩니다! 나에게는 용기가 부족했습니다. 그래서 가장 마음이 끌리는 것에 빠져들었던 것입니다. 당신 덕분에 이 첫머리에 흥미를 갖게 되었으니, 이 흥미가 줄어들지 않도록 노력하겠습니다.*

니스, 1950년 5월 11일

…안정을 되찾기가 몹시 힘겹습니다.

…끊임없이 방향감각을 잃는, 너무나 광대한 일에 빠져드는 것이 과연 옳은 태도일까요? 큰 일을 시도할 나이는 지났다고 봅니다. 일시적인 노력과 함께 단기간이면 실현될 수 있는 일

* 그 후에 나는 이 첫머리를 단념하고, 작품을 다른 방법으로 쓰기 위해 첫머리 부분을 전부 해체했다. 즉 일기의 형식이 아니라, 모모르와 친구 사이에 주고받은 편지의 형식이다. 이 새로운 시도는 조금도 만족스러운 결과를 가져다주지 못했다. 그 결과 나의 초고는 단편으로 분산되었다. 흩어진 단편으로….—원주

에 여생을 바치는 것이 훨씬 더 현명한 처사였을 것을!… 늙어가면서 일종의 광장공포증에 사로잡혔나 봅니다. 「모모르의 수기」의 무한한 공간이 나에게 현기증을 불러일으킵니다…. 실제로 이런 일은 엄청난 기억력을 요합니다. 늘 전체를 머릿속에 간직하고 있어야 하니까요. 그런데 당신도 알다시피 나의 기억력이란 불완전하기 짝이 없습니다. 그래서 노트를 축적할 필요가 있습니다만, 결국에는 이 노트 더미 속에서 완전히 길을 잃고 헤매게 되는군요.

그런데 사실상 이 모든 것은 그다지 중요하지 않습니다….

작품 해설

정지영

『회상』은 로제 마르탱 뒤 가르가 갈리마르 출판사의 플레이아드 총서로 자신의 전집을 출판하면서 붙인 글이다. 따라서 이 글은 알베르 카뮈의 서문과 함께 읽을 때에 그 뜻이 더 잘 드러난다고 할 수 있다.(알베르 카뮈의 서문은 『티보가 사람들』 10권 말미에 수록되어 있다.) 제목이 말해주듯 이 글은 마르탱 뒤 가르가 자신의 삶을 돌이켜보며 중요한 인물들과 사건들을 회고하는 형식을 취하고 있다. 따라서 글의 전체적인 구성은 유년기부터 노년기로 이어지는 시간 순서를 따르고 있지만, 그 속에 담긴 내용은 크게 세 가지로 구분할 수 있겠다.

첫 번째는 마르탱 뒤 가르가 작가로 성장하기까지 영향을 주었던 다양한 인물들과 사건들로서, 그중에서도 어린 시절 친구인 장, 그리고 루이 멜르리오, 톨스토이, 그밖에 국립 고문서 학교 입학 등이 중요하게 다루어지고 있다. 어릴 적 만난 두 살 위의 친구 장이 마르탱 뒤 가르에게 처음으로 '문학'을 보여주고, 글쓰기에 대한 욕망, 특히 비극 작품을 쓰고 싶은 욕망을 길러주었다면, 루이 멜르리오는 마르탱 뒤 가르에게 '예술적'인 학문의 세계에 눈뜨게 해준다. 루이 멜르리오의 집에서 하숙을 하는 반년 동안 마르탱 뒤 가르는 그 집에 있던 다양한 작가들, 특히 19세기 작가들의 책을 밤늦게까지 아무 제약 없이 읽고,

그것에 대해 멜르리오 부부와 대화를 나누면서 훗날 대작가로서의 자양분을 흠뻑 흡수한다. 마르탱 뒤 가르는 훗날 자신의 특징적인 자질을 이룰 집중력과 기억력이 이 시기에 단련되었다고 스스로 피력하고 있다. 또한 그에게 작가로서의 자질에서 가장 중요한 '구성'에 대한 감각을 처음으로 가르쳐준 사람도 루이 멜르리오였다. "글은 하나의 건물이나 조형물처럼 견고한 토대 위에 세워져야 하며, 규모에 있어서 조화를 이루고, 적절하게 구성되어야 한다는 것"을 열다섯 살의 마르탱 뒤 가르에게 처음으로 가르쳐주었던 것이다. 톨스토이는 마르탱 뒤 가르가 스스로 '문학적 스승'이라고 일컫는 작가이다. 열일곱 살의 마르탱 뒤 가르는 학교 교장이었던 에베르 신부의 권유로 톨스토이를 처음 읽으면서 "예술에서 절도와 힘의 조화"를 배우게 된다. 그리고 이 만남은 '소설' 쪽으로, 특히 "등장인물이 많고, 다수의 에피소드로 이루어진, 많은 시간과 노력을 요하는 소설" 쪽으로 자신의 문학적 취향을 결정하는 가장 큰 계기가 된다. 끝으로, 작가로서 마르탱 뒤 가르의 자질을 결정해준 마지막 사건으로서, 국립 고문서 학교 입학을 들 수 있을 것이다. 소르본 대학의 문학사 시험에서 낙방한 후 우연히 들어간 이 학교에서 마르탱 뒤 가르는 그의 또 다른 특징, 즉 역사적 사실을 바라보고 그 사실에 대해 엄격한 문헌 고증을 하는 습관을 체득할 수 있었다. 방대한 자료를 모으고 노트를 축적하는 일을 통해 즉흥적인 작업 방식을 멀리하게 되었던 것이다. 이처럼 몸에 밴 습관은 작품을 준비할 때에도 그 스스로 "편집광적인 정성"이라고 부르는 세심한 작업을 가능하게 해주었던 것이다.

사실 역자로서는 이 첫 번째 부분이 『회상』의 백미를 이룬다고 말하고 싶다. 때로는 사소하고, 때로는 동떨어진 듯 보이는 사건들이 긴 시간의 간극을 넘어 서로 연결되면서 한 사람의 위대한 작가의 특성을 만들어내는 모습은 그 자체로 '역사'이며, 하나의 소설 작품으로 읽힐 수 있을 만큼 흥미롭다.

『회상』의 두 번째 내용은 마르탱 뒤 가르와 교류를 나누었던 동시대의 문인들, 특히 자크 코포, 앙드레 지드와 그 밖에 『N.R.F.』의 문인들에 관련된 이야기들로 구성된다. 마르탱 뒤 가르와 그 작가들이 주고받는 이야기는, 1920년대부터 1940년대까지 프랑스 문단의 한 단면을 엿볼 수 있게 해준다. 그러나 그보다 더 흥미로운 것은, 마르탱 뒤 가르의 작품에 대해 당대의 유명한 문인들이 제기한 의견들이 가감 없이 수록되어 있다는 것이다. 『장 바루아』에 대해, 『티보가 사람들』에 대해, 지드와 갈리마르와 조르주 뒤아멜과 마르셀 드 코페가 제시하는 진심 어린 충고와 비판을 읽다 보면, 이들의 의견이 어떻게 작품에 반영되었는지, 그리고 그들의 비판에도 불구하고 어떤 부분을 마르탱 뒤 가르가 끝까지 고수했는지 알 수 있게 될 것이다.

마지막 세 번째 내용은 마르탱 뒤 가르의 작품들에 대한 이야기이다. 작가는 '회상'이라는 형식을 통해 『어느 성자의 생애』, 『생성』, 『장 바루아』, 『티보가 사람들』 등 자신의 작품 대부분에 대해 그 구상 단계와 동기, 원래의 목적과 결과에 이르기까지 소상하게 밝히고 있다. 한 작가가 자신의 작품 전반에 대해 이렇게 자세한 설명을 제시하는 것은 매우 드문 일로, 이는 소중한 문학적 자료라고 할 수 있을 것이다. 특히 『티보가 사람들』의 계획 변경과 관련된 부분이 매우 자세하게 소개되고 있는데, 우리는 이 설명(혹은 작가가 독자에게 제시하는 해명)을 통해 '경우에 따라서는 작품이 미완성으로 남아 있을 수도 있다'는 불안감에 잠시 사로잡혀 있던 작가의 초상을 엿볼 수 있다. 또한 이를 통해 마르탱 뒤 가르가 그의 이름에 걸맞은 문학적 완성도에 다다르기 위해 얼마나 노심초사했는지도 알 수 있을 것이다.

마르탱 뒤 가르는 1958년 그의 오랜 친구였던 마르셀 드 코페에게 보낸 편지에서 자신을 "빈손으로, 정시에는 오지 않지만 밤이 새기 전에는 언제나 어김없이 지나가는 밤 기차를 기다리는 한 늙은 여행자"에 비유한 바 있다. 잘 알려진 대로, 마르탱 뒤 가르는 늘 자신의 죽음을 의식하고 있었다. 그런 만큼 살아 있는 동안 끝마치지 못한 채 사후에 남을 자신의 작품에 대해 더욱 깊은 애착을 느끼고 있었다. 『티보가 사람들』의 마지막 권 「에필로그」를 끝낸 뒤 1940년부터 집필을 시작한 『모모르 중령의 수기』(이 작품은 미완성인 채로 남아 있다.)는 이런 맥락과 깊은 연관성이 있다고 하겠다.

미셸 레몽은 마르탱 뒤 가르의 「1914년 여름」에 대해 "역사의 온갖 불행을 운명처럼 감내할 수밖에 없었던 한 세대가 더듬거리며 내뱉는 눌변이다"라고 지적하였다. 우리는 마르탱 뒤 가르의 『회상』에 대해 같은 차원에서 말할 수 있을 것이다. 『회상』은 한 시대의 초상을 담아내면서도 문학적인 완성도를 끝까지 놓칠 수 없었던 한 위대한 작가가 또박또박한 말투로 차분하게 털어놓는 회고록이라고.

미행에서 만든 책들

1	소설	마르셀 프루스트	최미경	**쾌락과 나날**
2	시	조르주 바타유	권지현	**아르캉젤리크**
3	소설	유리 올레샤	김성일	**리옴빠**
4	시	월리스 스티븐스	정하연	**하모니엄**
5	소설	나카지마 아쓰시	박은정	**빛과 바람과 꿈**
6	시	요제프 어틸러	진경애	**너무 아프다**
7	시	플로르벨라 이스팡카	김지은	**누구의 것도 아닌 나**
8	소설	카트린 퀴세	권지현	**데이비드 호크니의 인생**
9	르포	스티그 다게르만	이유진	**독일의 가을**
10	동화	거트루드 스타인	신혜빈	**세상은 둥글다**
11	산문	미시마 유키오	강방화·손정임	**문장독본**
12	소설	마르셀 프루스트	최미경	**익명의 발신인**
13	시	E. E. 커밍스	송혜리	**내 심장이 항상 열려 있기를**
14	시	E. E. 커밍스	송혜리	**세상이 더 푸르러진다면**
15	산문	데라야마 슈지	손정임	**가출 예찬**
16	칼럼	에릭 사티	박윤신	**사티 에릭 사티**
17	산문	뤽 다르덴	조은미	**인간의 일에 대하여**
18	르포	존 스타인벡·로버트 카파	허승철	**러시아 저널**
19	소설	윌리엄 포크너	신혜빈	**나이츠 갬빗**
20	산문	미시마 유키오	손정임·강방화	**소설독본**
21	소설	조르주 로덴바흐	임민지	**죽음의 도시 브뤼주**
22	시	프랭크 오하라	송혜리	**점심 시집**
23	산문	브론테 자매	김자영·이수진	**벨기에 에세이**
24	소설	뱅자맹 콩스탕	이수진	**아돌프 / 세실**
25	산문	안드레이 플라토노프	윤영순	**전쟁 산문**
26	소설	안토니 포고렐스키 외	김경준	**난 지금 잠에서 깼다**
27	소설	모리 오가이	전양주	**청년**
28	소설	알베르틴 사라쟁	이수진	**복사뼈**
29	산문	페르난두 페소아	김지은	**이명의 탄생**
30	산문	가타야마 히로코	손정임	**등화절**
31	산문	고바야시 히데오	유은경·이재창	**비평가의 책 읽기**

32	소설	조르주 바타유	유기환	**마담 에드와르다 / 나의 어머니 / 시체**
33	시론	라헬 베스팔로프	이세진	**일리아스에 대하여**
34	시	하트 크레인	손혜숙	**다리**
35	산문	다니자키 준이치로	이한정	**문장독본**
36	소설	로제 마르탱 뒤 가르	정지영	**티보가 사람들(전 11권)**

한국 문학

1	시	김성호	**로로**
2	시	유기환	**당신이 꽃 옆에 서기 전에는**

로제 마르탱 뒤 가르(Roger Martin du Gard, 1881-1958)는 예술의 중흥기인 '벨 에포크'에서 전란과 이념의 시대로 이행하는 20세기의 역사의 한복판에서 활동한 작가이다. 1881년 파리 근교의 뇌이쉬르센에서 태어났다. 페늘롱 중학교를 졸업하고, 국립 고문서 학교에서 공부했다. 마르탱 뒤 가르는 이곳에서 면밀한 자료 수집, 과학적 논리 전개, 객관적 문장력 등의 훈련을 쌓았다.

1908년에 장편소설 『생성』을 발표하면서 문단에 데뷔한 그는 1913년 『장 바루아』를 발표하면서 두각을 나타내기 시작했다. 그 뒤로 『오래된 프랑스』, 『아프리카의 비화』 등의 소설과 『를뢰 영감의 유언』 등의 희곡 작품들을 발표했다.

1920년부터 대하소설 『티보가 사람들』을 집필하기 시작했으며, 그중 1936년에 발표된 「1914년 여름」으로 이듬해 노벨문학상을 수상했다. 그리고 「에필로그」는 1940년에 발표했다. 『티보가 사람들』의 완성 뒤로 전원에 칩거하며 제2차 세계대전을 다룬 제2의 대하소설 『모모르 중령의 수기』를 집필하였으며, 이 작품을 자신이 죽은 뒤에 출판할 것을 조건으로 국립도서관에 맡겼다. 1958년 8월 벨렘에서 사망했다.

로제 마르탱 뒤 가르의 대표작 『티보가 사람들』은 1, 2차 양차 세계대전 사이에 위치한 작가가 참혹한 전쟁의 소용돌이 속에서도 20세기의 역사를 웅장한 인간 벽화로 그려낸 대작이다. 총 여덟 편의 연작 소설로 이루어진 이 작품은 신과 인간, 예술과 이념에 대한 작가의 고찰을 고스란히 보여주면서 영원히 해소되지 않을 인간 본원의 갈등을 그리고 있다.

알베르 카뮈는 로제 마르탱 뒤 가르를 "영원한 현대인으로 남을 작가", 앙드레 지드는 "20년 후에야 진정한 평가를 받을 작가"라는 찬사를 보냈다.

옮긴이 정지영은 1937년 함경북도 회령에서 출생하였다. 서울대 불문과 및 동 대학원을 졸업하고 프랑스 그르노블 대학에서 문학박사 학위를 받았다. 서울대 불문과 교수를 역임하였고, 현재 같은 과 명예교수로 있다. 저서로는 『프라임 불한사전』이 있고, 주요 논문으로는 『티보가 사람들』에 대한 다수의 논문을 비롯 「까뮈의 『이방인』에 쓰인 자유 간접 화법」, 「빅토르 위고의 시의 형식」 등이 있다. 『티보가 사람들』을 국내에 처음 완역하여 소개했다.

회상

로제 마르탱 뒤 가르
정지영 옮김

초판 1쇄 발행 2025년 10월 31일

펴낸곳 미행
출판등록 제2020-000047호
전화 070-4045-7249
메일 mihaenghouse@gmail.com
인쇄 제책 영신사

ISBN 979-11-92004-42-6 04860
979-11-92004-31-0 (세트)